EL CUARTO MUNDO

LARGO RECORRIDO, 179

Diamela Eltit
EL CUARTO MUNDO

EDITORIAL PERIFÉRICA

PRIMERA EDICIÓN: septiembre de 2022
DISEÑO DE COLECCIÓN: Julián Rodríguez

ISBN: 978-84-18838-49-1
DEPÓSITO LEGAL: CC-169-2022
IMPRESIÓN: Kadmos
IMPRESO EN ESPAÑA – PRINTED IN SPAIN

Agradecimientos en los tiempos de este libro:
a la amistad de Ronal Christ;
a los escritores Gonzalo Muñoz y Eugenia Brito.

I

SERÁ IRREVOCABLE LA DERROTA

Un 7 de abril mi madre amaneció afiebrada. Sudorosa y extenuada entre las sábanas, se acercó penosamente hasta mi padre esperando de él algún tipo de asistencia. Mi padre, de manera inexplicable y sin el menor escrúpulo, la tomó, obligándola a secundarlo en sus caprichos. Se mostró torpe y dilatado, parecía a punto de desistir, pero luego recomenzaba atacado por un fuerte impulso pasional.

La fiebre volvía extraordinariamente ingrávida a mi madre. Su cuerpo estaba librado al cansancio y a una laxitud exasperante. No hubo palabras. Mi padre la dominaba con sus movimientos, que ella se limitaba a seguir de modo instintivo y desmañado.

Después, cuando todo terminó, mi madre se distendió entre las sábanas y se durmió casi de inmediato. Tuvo un sueño plagado de terrores femeninos.

Ese 7 de abril fui engendrado en medio de la fiebre de mi madre y tuve que compartir su sueño. Sufrí la terrible acometida de los terrores femeninos.

Al día siguiente, el 8 de abril, el estado de mi madre había empeorado notoriamente. Sus ojos hundidos y el matiz de incoherencia en sus palabras indicaban que la fiebre seguía elevando su curso. Sus movimientos eran sumamente dificultosos, aquejada por fuertes dolores en todas las articulaciones. La sed la consumía, pero la ingestión de líquido la obligaba a un esfuerzo que era incapaz de hacer. El sudor había empapado totalmente su camisa de hilo, y el pelo, también empapado, se le pegaba a los costados de la cara provocándole erupciones. Mantenía los ojos semicerrados, evitando la luz que empezaba a iluminar la pieza. Su cuerpo afiebrado temblaba convulso.

Mi padre la contemplaba con profunda desesperación. Sin duda por terror, la tomó al amanecer sin mayores exigencias y de modo fugaz e insatisfactorio. Ella aparentó no darse cuenta de nada, aunque se quejó de fuertes dolores en las piernas que mi padre quiso despejar frotándola para desentumecerla.

Al igual que el día anterior, se durmió rápidamente y volvió a soñar, pero su sueño contenía imágenes distantes y sutiles, algo así como la eclosión de un volcán y la caída de la lava.

Recibí el sueño de mi madre de manera intermitente. El color rojo de la lava me causó espanto y, a la vez, me llenó de júbilo como ante una gloriosa ceremonia.

Llegué a entender muy pronto mis dos sensaciones contrapuestas. Era, después de todo, simple y previsible: ese 8 de abril mi padre había engendrado en ella a mi hermana melliza.

Fui invadido esa mañana por un perturbado y caótico estado emocional. La intromisión en mi espacio se me hizo insoportable, pero debí ceñirme a la irreversibilidad del hecho.

El primer tiempo fue relativamente plácido, a pesar del vago malestar que me envolvía y que nunca logré abandonar del todo. Éramos apenas larvas llevadas por las aguas, manejadas por dos cordones que conseguían mantenernos en espacios casi autónomos.

Sin embargo, los sueños de mi madre, que se producían con gran frecuencia, rompían la ilusión. Sus sueños estaban formados por dos figuras simétricas que terminaban por fundirse como dos torres, dos panteras, dos ancianos, dos caminos.

Esos sueños me despertaban una gran ansiedad que después empezaba lentamente a diluirse. Mi ansiedad se traslucía en un hambre infernal que me obligaba a saciarla, abriendo compuertas

somáticas que aún no estaban preparadas para realizar ese trabajo.

Luego me dejaba llevar por una modorra que
podía confundirse con la calma. En ese estado se-
miabúlico dejaba mis sentidos fluir hacia el afuera.

Mi madre, una vez repuesta, seguía con su vida rutinaria, mostrando una sorprendente inclinación a lo común. Era más frecuente en ella la risa que el llanto, la actividad que el descanso, el actuar que el pensar.

A decir verdad, mi madre tenía escasas ideas y, lo más irritante, una carencia absoluta de originalidad. Se limitaba a realizar las ideas que mi padre le imponía, diluyendo todas sus dudas por temor a incomodarlo.

Curiosamente, demostraba gran interés y preocupación por su cuerpo. Constantemente afloraban sus deseos de obtener algún vestido, un perfume exclusivo e incluso un adorno demasiado audaz.

Mi madre poseía un gran cuerpo amplio y elástico. Su caminar era rítmico y transmitía la impresión de salud y fortaleza. Fue, tal vez, lo inusual de su enfermedad lo que enardeció genitalmente a mi padre cuando la vio, por primera vez, indefensa y disminuida, ya no como cuerpo enemigo, sino como una masa cautiva y dócil.

Toda esa rutina constituía para mí una falta radical de estímulos que no me permitían sustraerme de mi hermana melliza, quien me rondaba. Aun sin quererlo, se me hacían ineludibles su presencia y el orden de sus movimientos e intenciones. Pude percibir muy precozmente su verdadera índole y, lo más importante, sus sentimientos hacia mí. Mientras yo batallaba en la ansiedad, ella se debatía en la obsesión. Ante cada centímetro o milímetro que ganaba se le desataban incontables pulsiones francamente obsesivas.

Su temor obsesivo se inició en el momento de su llegada, cuando percibió angustiada la real dimensión y el sentido exacto de mi presencia. Buscó de inmediato el encuentro, que yo, por supuesto, evadí guardando con ella la mayor distancia posible.

Durante el primer tiempo fue relativamente fácil. Estaba atento al devenir de las aguas: cuando se agitaban, yo iniciaba el viaje en dirección inversa.

Mi hermana era más débil que yo. Desde luego, esto se debía al tiempo de gestación que nos separaba; pero aun así era desproporcionada la diferencia entre nosotros. Parecía como si la enfermedad agravada de mi madre y el poco énfasis desplegado por mi padre en el curso del acto hubieran construido su debilidad.

En cuanto a mí, su fragilidad me era favorable, pues ella, en su búsqueda, se agotaba enseguida, lo que le daba un radio de acción muy limitado.

Pronto empezó a usar trucos para atraparme. Cada vez que me movía, ella aprovechaba el impulso de las aguas y se dejaba llevar por la corriente. En dos oportunidades consiguió estrellarme. Recuerdo el hecho como algo vulgar, incluso amenazante.

Fue apenas un instante; sin embargo, extraordinariamente íntimo, puesto que debí enfrentarme de modo directo a su obsesión, que hasta ese momento me era indiferente. Pero a partir de esos dos encuentros entendí la extraña complicidad que ella había establecido con mi madre.

Ejercí la estricta dimensión del pensar. Antes sólo me debatía entre impresiones que luego transformaba en certezas, sin que nada llegara verdaderamente a sorprenderme.

Así, el conocimiento de que mi madre era cómplice de mi hermana me demandó grandes energías, pues me era imperioso desentrañar la naturaleza y el significado de tal alianza.

Sólo contaba con el hecho de que las dos veces en que mi hermana me estrelló portaba la clave de dos sueños de mi madre que yo no poseía. Por cierto, esas claves me eran insoportables y excluyentes. A partir de esa peligrosa exclusión, empezó el acecho hacia mi madre.

Mi madre, después de unos días, mostró cambios tan sutiles y ambiguos que yo llegué a pensarlos como producto de mi interpretación ansiosa. Pero en realidad ella estaba cambiando.

De modo misterioso había levantado una barrera ante mí, lo que me hirió profundamente, llenándome de inseguridades. Pero pronto me serené, cuando comprendí que ella me tenía pánico.

Mi madre me temía y eso la obligaba a extender una oscuridad confusa entre nosotros, y sólo en mi hermana liberaba su verdadero ser.

Atento al afuera, supe que mi madre le mentía a mi padre y que su estudiado comportamiento no era más que una medida estratégica para perpetuar su ilusión de poder.

Debí haberlo adivinado desde un principio, especialmente por el carácter de sus sueños, pero me había dejado entrampar por su aparente simpleza. En realidad, a ella le eran indiferentes los adornos y los vestidos. Era mi padre quien le transfería sus propios deseos, a los que ella, conscientemente, accedía para despertarle el placer y la humillación. Descubrí, también, que el pensamiento de mi madre estaba corroído por la fantasía, que le ocasionaba fuertes y diversas culpas. Su permanente estado de culpa la obligaba a castigarse, en algunas ocasiones con excesiva dureza.

Se privaba frecuentemente de alimentos, realizando dolorosos ayunos que se prolongaban por varios días. Durante ese tiempo sus fantasías declinaban notoriamente; ella permanecía atada a las más inofensivas, relacionadas con fugas o comidas exóticas. Pero, pasado el efecto del ayuno, la fantasía se instalaba en ella con más fuerza aún, empujándola a una nueva expiación.

Otro de sus métodos consistía en practicar actividades que detestaba y a las que, sin embargo, se entregaba de lleno. Asistía a ancianos asilados y enfermos, a quienes lavaba con sus propias manos para quedar, después, librada a su terror al contagio. Ni siquiera se permitía quitarse de encima los fuertes olores que la impregnaban.

Mi padre, que no veía con buenos ojos sus ayunos, la admiraba, en cambio, por esas labores, especialmente por las horas que dedicaba a los niños ciegos agrupados en las hospederías de las afueras de la ciudad. Mi padre gustaba mucho de oír detalles sobre esos niños. Por ello mi madre le hacía descripciones sorprendentemente rigurosas. Llegó a identificar a los numerosos ciegos por sus nombres y, más aún, era capaz de caracterizar acertadamente a cada uno de ellos.

Algunos de esos niños, decía mi madre, tenían las cuencas vacías; ella limpiaba las cavidades taponadas de erupciones purulentas.

Mi padre la miraba conmovido y ella respondía como si su gesto con los ciegos no tuviera la menor relevancia. Ciertamente, mi madre detestaba esas visitas porque los niños, fascinados con su perfume, se abalanzaban sobre ella rasguñándola, desgarrando su ropa. Y muchos de ellos se golpeaban contra los muros, lo que causaba gran júbilo entre los demás. Mi madre, en esas ocasiones, se aturdía en medio de sonidos guturales.

Ella escondía esas sensaciones a mi padre, como asimismo su constante repulsa. Pero mi hermana y yo, que estábamos inmersos en su oscuridad artificiosa, vivíamos sus relatos como premoniciones aterrantes. Era terriblemente duro exponernos a sus narraciones desde el sistema cerrado en que yacíamos. Mi hermana, alterada, se pasaba horas temblando en medio de la oscuridad, y yo dominaba mi impulso de acercarme para encontrar en ella protección. En esas ocasiones el estar cerca permitía paliar en parte nuestro desatado miedo a la ceguera.

Bruscamente mi madre suspendió todo aquello. Coincidió esto con la transformación de su cuerpo, que la sumió durante días en una alarmante confusión. Sentíamos a menudo su mano tocando la piel dilatada y tensa, palpándose, escindida entre la obsesión y la ansiedad.

Su orden fantasioso cesó por completo, centrándose en cambio en un empeño imposible. Buscaba visualizar por dentro su proceso biológico para alejar de ella el sentimiento de usurpación. Su empresa era, desde siempre, un fraude para desencadenarnos culpas.

Nuestra culpa se alzó sobre el rigor de las aguas como una masa cerosa. Pudimos invertir el proceso desde el momento en que logramos gestar sueños para ella. Sueños líquidos que construíamos con retazos de imágenes fracturadas de lo real. Nuestros sueños eran híbridos y lúdicamente abstractos, parecidos a un severo desajuste neurológico.

Mi madre, perturbada, casi perdió la mitad de su cara, gran parte de su vello y la capacidad de enfocar a media distancia.

Nosotros no planeamos que esto pasara; simplemente, sucedió de manera espontánea, pero a mí me trajo un doloroso costo, que fue ceder a las presiones de mi hermana. Hastiado de su persecución, permití que se me acercara. Con el roce estalló el fragor de su envidia. No puedo precisar con exactitud el momento en que ella percibió nuestra diferencia. Pudo ser al tercer o cuarto roce, cuando sentí uno de sus conocidos temblores. Era un temblor de tal magnitud que las aguas me lanzaron contra las paredes. Antes de lograr reponerme sentí que se me venía encima con un impulso desgarrador y, procazmente, se frotó contra mi incipiente pero ya arraigado pudor.

Sin saber a qué atribuir su ataque, acosado, intenté alejarla, pero me paralizó su frote obsesivo, que apuntaba en una sola dirección. Intuí que era preferible que saciara su curiosidad y que de esa manera se estableciera entre nosotros un explícito campo de batalla. Mi hermana se quedó súbitamente inmóvil, extrañamente apacible, y allí, teniéndome acorralado, realizó su primer juego conmigo.

Mi madre terminó por avenirse a la pulcritud de nuestros sueños, que se daban en un marco de fraternal cohesión. Casi llegó a gustar de ellos una vez aplacadas sus primeras resistencias. Junto a los sueños aceptó, también, que no había nada más inexorable y clásico que la naturaleza humana.

Su cambio me molestó. Asimilé su actitud a la desidia y al abandono. Había sustituido con demasiada rapidez la ira por el conformismo. El desequilibrio vertiginoso de su existencia prohibía cualquier rango de estabilidad. Comprendí que mi madre era capaz de suspenderlo todo, incluso a sí misma, ante la más vaga amenaza.

Todo esto guardaba estrecha relación con mi padre. Él, cuyo culto a la belleza era inquietante, rehuía a mi madre, que encarnaba la extrema insensatez de la condición femenina. Disociado, temeroso, ocultaba sus sentimientos de repulsa frente a su caminar costoso e irregular, y ante la maldad de su cara envuelta en un constante brillo.

Mi madre, que veía perfectamente el proceso, se sintió complacida y libre. Por fin descubría en él un exacto sentimiento de rechazo que le permitía justificar su propia aversión.

Se acercaba llena de exigencias que él no era capaz de cumplir. La posibilidad de yacer juntos le era imposible y no intentaba escudarse tras pretexto alguno.

En él había aflorado el límite del carácter masculino, intolerante a otra especie de fecundación autónoma. Para mi madre eso fue una constatación de sus antiguas intuiciones. Vio su propio ser flotando en el universo de la soledad, condenado a un lacerante y ajeno fracaso.

El reducido espacio que compartíamos mi hermana y yo empezó a estrecharse cada vez más. No había otra alternativa que el frote permanente de nuestros cuerpos. Rota la ilusión de independencia, presentí que la estrechez iría en aumento, hasta la inmovilidad total en medio de las aguas.

No era justo compartir dualmente el efecto del encierro, sometidos a un triángulo anómalo y desesperante. No sólo estaba impelido a soportar un cuerpo interior humedecido por sustancias espesamente rojizas, sino que debía, además, recibir paralelamente un cuerpo exterior que se formaba junto a mí. Todos mis impulsos se extendían más allá de los límites supuestos. Las formas femeninas, dominantes en la escena, lanzaban mensajes incesantes. Preservarme de su desesperanza era impensable; más bien debía dejar móviles y abiertas mis marcas masculinas.

Pronto me enfrenté a la saturación. El espacio no nos contenía a pesar de ponernos en distintas posiciones. Apelamos a una última y humillante alternativa: mi hermana se puso debajo de mí y aumentó aún más la presión. Nuestros cuerpos empezaron a sufrir. La instalación del dolor entre nosotros fue la primera forma de entendimiento que encontramos.

Mi madre pensaba en la muerte. Su propio dolor le prevenía de una catástrofe. Con la espalda casi partida por el esfuerzo, su cara le devolvía el terrible trabajo orgánico que realizaba. Las placas alérgicas habían destrozado su rostro. Pensaba en la muerte como el destino final de su empresa biológica y, extrañamente, se avenía con serenidad a ella. Desde su asentada creencia sentía que todo equívoco, cada acto detestable de su vida, estaba ampliamente saldado por su activo suplicio. Con firmeza pensaba que donaba su cuerpo en beneficio de su espíritu. La carne que tanto la había atormentado pagaba por sí misma las faltas.

Las pulsaciones cardíacas eran cada día más aceleradas y le ocasionaban agudos golpes arrítmicos. Cada golpe era leído como un síntoma definitivo de muerte. Confinada a una permanente soledad, mi madre, que vivía en la conciencia del tiempo, anuló nuestra existencia desde el instante en que nos incluyó en la ritualidad de su sacrificio. Decidida a morir íntegramente, pensó que su paso por la vida había dejado intocado el afuera. Su muerte no iba a alterar nada, no iba a afectar nada. Su existencia sólo era real por la rigurosidad vital de su cuerpo, y por ello nosotros no éramos más que instrumentos de los que ella se había valido para fundar una autofagia. Sentía que su propia creación gestante la estaba devorando.

Tuvimos nuestra primera experiencia límite. Quedamos inmóviles, rodeados por las aguas. Mi hermana sufría todo mi peso y hacía desesperados esfuerzos por soportarme. Yo, a mi vez, estaba comprimido por las paredes que me empujaban, más aún, sobre ella.

Se despertó en nosotros un enconado sentimiento de sobrevivencia. Instintivamente mi hermana inició la huida ubicando su cabeza en la entrada del túnel. Hubo una tormenta orgánica, una revuelta celular. Todas las redes fisiológicas de mi madre entraron en estado de alerta ante el hilo de sangre que corría lubricando la salida.

Mi hermana golpeaba furiosamente, atentando contra la terquedad de los huesos. Yo, librado al pánico, me curvaba alarmado por el trágico espectáculo. La violenta acometida terminaba por destruir mis anhelos de armonía en el derrame de la sangre que me envolvía, precedida de un terrible eco.

La animalidad de mi hermana llegó a sobrecogerme. Creí que ambos cuerpos iban a destrozarse en la lucha. Fueron horas angustiosas. Sentí a mi hermana separarse de mí y perderse en medio de la sangre. Yo no hice el menor esfuerzo; quería saltarme el protocolo de la sangre, pero me arrastraron en el viaje. Casi asfixiado, crucé la salida. Las manos que me tomaron y tiraron de mí hacia afuera fueron las mismas que me acuchillaron rompiendo la carne que me unía a mi madre.

Fue un día después de mi hermana. El roce con las piernas de mi madre me preparó para la áspera tosquedad de la piel adulta.

Obligados a yacer en la misma cuna, percibimos fragmentariamente las sombras y las voces que nos aludían. Mi madre y su leche continuaban transmitiendo la hostilidad en medio de un frío irreconciliable. El tono estupefacto de mi padre llamaba al festejo.

Habituado al olor de mi hermana, todo lo demás me parecía detestable. Por primera vez precisé de ella. Mis extremidades la buscaban y, si no la encontraban, yo caía en un llanto más agónico que el hambre y más urgente que la vida.

Ella tenía una marcada devoción por el tacto. Cedía a la pasión de cualquier mano extraña, de todo labio que, húmedo, la gratificara en el reconocimiento de lo propio de su piel. Desde mí había iniciado el aprendizaje de entregarse a otro, yo antaño su único otro.

Para mí todo era vulgar y enajenante. Cualquier toque me alteraba como la muerte. El otro constituía el posible gesto homicida de una destrucción.

Mi hermana fue recibida de modo amable, despertando una mejor inclinación en aquellos que nos miraban comparándonos inevitablemente. Su docilidad era fascinante; en cambio yo, esquivo, inspiraba un claro rechazo que intencionalmente cultivaba.

Mi hermana ni por un instante me había abandonado. Yaciendo juntos, su cuerpo se subordinaba al mío, pero ni siquiera en esas ocasiones encontraba la tranquilidad. Las miradas que nos acechaban a todas horas me llevaron a despreciar el espacio público.

Mi madre, hastiada por su sobrevivencia, se dejó llevar por todos sus vicios anteriores. Con la neutralidad de su sonrisa accedió a presenciar la ceremonia con que nos entregaron al rito sacro.

Se me otorgó el nombre de mi padre. A mi hermana se le dio también un nombre. Mi madre, solapadamente, me miró y dijo que yo era igual a María Chipia, que yo era ella. Su mano afilada recorrió mi cara y dijo: «Tú eres María Chipia». Mi hermana tuvo un escalofrío, pero, apacible como era, cedió a la mano en su cabeza y a su nombre otorgado según la ley. Mi ser sublevado y enfermo se ubicó en el epicentro del caos.

Mi padre, ajeno a la venganza, contribuyó a la confusión de mi nombre. Cuando me llamaba, yo volvía mi rostro hacia él no como respuesta, sino por creer que se nombraba a sí mismo.

Fue un juego vil de mi madre, que quería condenarse irreversiblemente. Pero un día su amor se despertó con la fuerza de un desastre natural. Su amor por nosotros la limpió como a una joven doncella.

La paz se extendió por la casa creando un clima extraordinariamente artificial. Su encuentro con el amor materno fue la primera experiencia real que tuvo, y la encandiló como a una adolescente alucinada por el poder de los sentidos. Plena en su estado, se volcó con nosotros, amparándonos del peligroso afuera. Detuvo la enfermedad de mi hermana, que, en una de sus células, portaba la vigencia de la fiebre.

Volvió a la legalidad de mi nombre insistentemente, para borrar su faz oscilante y plenamente humana. Yo no podía. Cada vez que ella, acunándome, me llamaba, yo volvía la cabeza escrutando la figura de mi padre.

Empecé a depender de la autogestión de las heces. Fascinado por su ritmo, me revolcaba en la masa reblandecida y cálida. Ansiaba hundirme aún más, hasta fundirme con ellas y encontrar en el fondo de mí mismo el espectro abismal del placer.

Mi hermana se solazaba con su pulcritud. Se entrenaba para transferir su propio goce al otro y así gozar ella misma. Hecha para la mirada, violentaba su cuerpo hacia la perfección estética y vacua. Instintiva, su mente se encargaba de anticiparse como un modelo aprendido en el rastreo de la complacencia. Buscando el amor se construía sólidamente hipócrita. Pero su actitud emanaba también del terror. Una parte de ella creía que el otro, cualquier otro, incluso mi madre, se preparaba para atacarla y destruirla. Imaginaba la ceguera o la mutilación. Primigenias fantasías de tortura.

En las noches su pequeño cuerpo convulso se apegaba al mío mientras su boca me succionaba, obsesionada por el pánico. Durante esas noches del primer año aprendí mucho del delicado y complejo cuerpo de las niñas. Rozándonos a oscuras, y también prendado del miedo, desarrollé el pensamiento de que, para mí, no había verdaderamente un lugar, que ni siquiera era uno, único, sólo la mitad de otra innaturalmente complementaria y que me empujaba a la hibridez.

Los sueños de mi madre portaban un error torpe y femenino. Ella, que nos había domesticado a la dualidad, nunca abordó en sus sueños la diferencia genital, la desquiciadora ruptura oculta tras dos caminos, dos panteras, dos ancianos. Sin duda, su profundo pudor le impidió gestar el terrible lastre de la pareja humana que nosotros ya éramos, desde siempre.

Atrapados por fuertes dependencias, cautivo de mi absoluta inmadurez, casi en el centro mismo de la inconciencia, volví a rozar a mi hermana, solapado en la plenitud de la noche.

Mi cuerpo, inteligente y lúcido, escindido por lo absurdo de su pequeñez, la encontró cálida en su modorra, sabia en sus inicios, bestial en sus pulsiones.

Mi madre, convulsa por la llegada del amor materno, cayó por su especial naturaleza en prontas exageraciones. Su presencia al lado nuestro era constante, como constante era también su aprensión por nuestras vidas.

Ya que el castigo la había evadido, suponía que sería doblemente castigada a través de nuestra muerte, que ella, confundida, pensaba idéntica a la suya. Al borde de un colapso, el terror la cubría cuando nuestro llanto se elevaba destemplado. Sus brazos nos tomaban, apretándonos en exceso contra ella y sin permitir ayuda alguna. La desconfianza, otro de sus rasgos conocidos, le impedía entregarse al sueño, a la comida o al abandono de la habitación.

Mi padre llegó a constituir una gran molestia. Ella respondía a sus preguntas sin quitarle los ojos de encima y atenta a las caricias que, ocasionalmente, él nos brindaba. Quería alejarlo a cualquier costo para continuar, solitaria, su acecho.

Mi padre, que sufrió un tanto al inicio de su obsesión, pronto la desatendió pensando que sólo se trataba de una etapa más y que luego volvería a él, sumisa y deslumbrada. En algún lugar su mente se llenaba de orgullo al verla asumir tan meticulosamente su función maternal, y se confirmaba en él la impresión de que ella encarnaba plenamente la imagen de la tan anhelada mujer ancestral.

Para ella, mi padre no tenía la menor relación con nosotros, salvo meros formulismos que le permitía cumplir en tiempos breves y entrecortados. Realmente, para mi madre él no representaba nada: lo había desplazado a un punto neutro de su memoria.

Resguardada en la fecha en que había dado a luz, extendía considerablemente el tiempo de la continencia apelando a un ya gastado recurso de salud.

Su nexo matrimonial le repelía, pues le recordaba, con profunda vergüenza, lo que ella consideraba deplorables y procaces desmanes en los que ya no se reconocía en modo alguno y que no ansiaba en lo más mínimo.

Los celos que antaño la atormentaban se habían retirado por completo. Estaba cierta de que mi padre daba rienda suelta a su lascivia en alguna desconocida, pero eso únicamente le confirmaba un aspecto femenino despreciable que la rebajaba en cuanto madre. Para ella ese cariño no tenía símil y se enturbiaba al proyectarse en otra función genital.

Mi madre había encontrado, por fin, su razón sexuada. El conflicto, desgarrador y sostenido, se había solucionado mediante el rol de su propia naturaleza. Lamentó haber llegado tarde a la verdad y a un costo tan alto. Recordarse sudorosa y anhelante, esperando de mi padre la respuesta, la asqueaba denigrándola. Limitó a mi padre a una sola función, ahora externa y distante. Pensó, sensiblemente condolida, que él había sido privado de un placer absoluto y permanente, y por ello se explicó la caída paterna en pequeñas e insignificantes manías placenteras que siempre lo dejaban sumido en una avidez tal que no eran capaces de saciar el alcohol ni el refinado lujo, ni siquiera el cuerpo.

Mi madre resolvió que él sólo se saciaría en la muerte: únicamente a través de ella sería capaz de tocar su propia verdad. Ella, en cambio, ascendía hacia una cima inenarrable.

Enlacé mis dedos a mi hermana y me acurruqué contra ella, gimiendo. Todo giraba alrededor de mí, difuso y vertiginoso. Hasta mi propio cuerpo me parecía ajeno. Era la fiebre.

La fiebre no era simétrica al dolor, sino a una extraña suspensión en la que todo, a la vez que posible, era también improbable. Los objetos huían y, a la par, se fijaban desorbitadamente materiales.

La fiebre llegó en la madrugada, junto con la primera luz. Me extrañó la virulencia de la luz que se partía atomizadamente mágica abriéndose paso hasta mi vista maleada. Mi hermana presionó con fuerza mis dedos, alarmada por mis escalofríos. Acomodó su cuerpo para dejarme más espacio. La enfermedad no me parecía enemiga, sino, más bien, inabordable y esquiva. Quise volver a mi centro orgánico, pero ya había perdido las referencias, como si incluso mi memoria hubiera experimentado una irreversible erosión.

La indeterminación del tiempo creció con el raudal de la luz, duplicando el estatismo. Me volvía inconmensurablemente personal y desapegado de las cosas. Todo transcurría en mí, sintético e ilimitado. Esta doble valencia me impedía una reflexión exhaustiva. Incapaz de generar defensa alguna, asistí a la histérica impresión de mi madre al verme desencajado e inmóvil.

Empezó a batallar contra mi fiebre mientras yo, paradójicamente, me consumía aún más en la neutralidad. La fiebre crítica y voraz cumplía su programa, inmune a los esfuerzos de mi madre, que ponía en marcha todos sus recursos para reanimarme.

Mi hermana, postergada por primera vez, fue alejada hasta el otro extremo de la habitación. Acudió a todas sus artimañas para atraer la atención. Su sonrisa melosa se intercambiaba con llantos agudos e irritantes que mi madre no atendía en absoluto. Quedó expuesta al hambre y al escozor de las heces.

Fuimos separados de lecho y pasé a ocupar el de mi madre. Ella se limitó a dormir lo estrictamente necesario para no descuidarme. Yo, en mi sopor, me sentía remecido por sus sollozos e invocaciones, que no lograba entender plenamente.

Mi única relación real era con la fiebre. La fiebre me arrastraba a una especie de tierra de nadie donde se me hacía indistinto el día de la noche y donde, a pesar de que la luz marcaba el cambio, mis sentidos la percibían al mismo nivel que la oscuridad. Parecía que ambas formas se amalgamaban bajo mis párpados sin el menor privilegio. El síntoma más preciso del afuera era mi hermana. Su brillante y desesperada actuación lograba interesarme vagamente. Un prolongado balbuceo empezó a inundar la pieza. Su balbuceo obsesivo resonaba intermitente a toda hora. Ruidos juguetones o iracundos que casi enloquecían a mi madre, quien empezó a hablarle duramente exigiéndole cesar.

Mi hermana comenzó a desplazarse gateando por el suelo. Sus riesgosos movimientos, que antes alarmaban a mi madre, abrieron una especie de tregua. A medias, desde la cama, podía observarla. Extraordinariamente veloz y graciosa, semejaba un pequeño animalito costoso.

Ella también me espiaba, enfurecida y celosa. Pude entenderlo a la primera ojeada sin que en verdad me perturbara. Prefería su roce con el suelo y los objetos que arrastraba consigo a sus ruidos de las horas pasadas.

Al amanecer mi fiebre empezó a ceder. Antes de que la dimensión de la mañana se asentara, desapareció por completo.

En mi intimidad se reanudaron los conflictos y la multiplicidad de dudas ansiosas. La felicidad y el orgullo de mi madre crecieron como un huracán. Llamó a mi hermana, quien se arrastró hasta nosotros mostrando su más servil sonrisa. Su artificio no se me enquistó como en otras ocasiones. Todo en ella me era particularmente conocido. Pero ella había preparado en esos días una jugada maestra que me hizo palidecer de envidia y de fracaso. Mi hermana, mirando fijamente a mi madre, dijo con claridad y sin el menor titubeo su primera palabra.

Mi padre fue incapaz de disimular su decepción. A pesar de los mimos con que celebraba las palabras de mi hermana, su mirada me buscaba, evidentemente hostil. Estaba defraudado por mi retraso y temía que alguna falla hubiera detonado la ventaja femenina. La posibilidad de una falla en mí lo horrorizó, y se sintió unilateralmente culpable en las raíces mismas de sus células.

Mi madre, percibiendo en él lo mismo que yo, se puso en guardia para protegerme de su desprecio. Empezó a magnificar mi resistencia y a darle un sentido definido a cada uno de mis gestos asimilándolos a los de mi padre. La habilidad de mi madre se concentró en ahuyentar los temores paternos destacando desmesuradamente mis méritos, los que mi padre, si bien no apreciaba del todo, tampoco era capaz de negar en voz alta.

Mi hermana proseguía luchando por conseguir cualquier mirada. Las palabras simples y anodinas salían de su boca con una facilidad asombrosa, nombrando objetos elementales y, especialmente, pidiendo agua, que no se hartaba nunca de beber.

Decidí no competir con ella en ese terreno. Ansiaba llegar a las palabras de un modo absoluto y, así, cubrirme con el lenguaje como con una poderosa armadura. Ingenuamente pensaba que el habla era un hecho misterioso y trascendente capaz de ordenar el caos que me atravesaba.

Debía distraer la atención de mis padres para que se me permitiera dotarme plenamente. Los satisfice con un avance ineludible. Puse en movimiento mi armonía neurológica y, caminando frente a ellos, me erguí.

Al borde de mi primer año crucé la habitación evitando los ojos velados por las lágrimas en la cara de mi madre.

Después del primer año, mi hermana y yo nos alejamos visiblemente. Todo aquel período anterior llegó a parecerme un producto de mi mente delirante. Éramos, prácticamente, extraños entre quienes no existía ninguna necesidad. Llegué a creer que la cercanía que nos había condicionado se había producido por la nebulosa de mi primigenio existir, que había confundido el espesor de las aguas con el cuerpo de mi hermana, y el agitar interno de las carnes que me contenían, con los sueños de mi madre.

Mi madre, ahora, se me aparecía como una mujer dotada de un gran equilibrio, y mi padre, como el gran cautelador de nuestra integridad.

Mi hermana acusaba todas las características de una niña golosa y frecuentemente malhumorada. Construía su mundo defendiendo sus magras posesiones de modo grosero y egoísta. Si casualmente nos tocábamos, de inmediato nos apartábamos como si hubiera ocurrido algo inconveniente. En realidad, habíamos generado una gran resistencia muda y antipática.

Ocasionalmente me asaltaban sueños vagos en los que creía percibirla aferrada compulsivamente a mi costado, pero no había imágenes exactas sino, más bien, formas abstractas y móviles.

Tomé alegremente el nombre de mi padre y llegué a la tan ansiada armonía con el exterior. Me doblegué al lenguaje de un modo superficial y lúdico después de descartar mis antiguas fantasías de trascendencia.

Entendí la vida como una forma de placeres alternos que venían suministrados por mi madre, quien se esforzaba por crear para nosotros una atmósfera de gran comodidad.

Así, de un modo extraordinariamente presente, transcurrieron nuestros tres primeros años. Pero mi madre rompió el equilibrio amenazándonos con la victimación. Mi hermana fue la primera en notar que algo inusual estaba ocurriendo, y el vertiginoso temor la hizo dirigirse directamente hacia mí. Me encontró en esa clave que yo creía soñada o definitivamente clausurada entre nosotros.

Se le generó una súbita y elevada erupción en la pierna derecha, a la vez que me señaló la figura de mi madre. Yo la miré sin encontrar nada especial en ella. Mi hermana, mediante un gesto, me volvió a indicar el sitio exacto al que debía dirigir mis ojos. Mi asombro fue instantáneo, como instantáneo fue el acceso de tos asmática que tuve y que me arrastró a un espacio confusamente antiguo.

Desolados y empujados uno encima del otro, mi hermana y yo nos miramos, sabiéndonos de nuevo peligrosamente indestructibles.

Mi madre se había encontrado en sucesivas ocasiones con mi padre, doblegándose humilde y sin placer a sus deberes nupciales. A pesar del prolongado intervalo que le opuso, finalmente cedió como ante una forzosa obligación. Inexplicablemente, ella no pensaba en un nuevo hijo y no relacionaba sus profusos actos con tal posibilidad, pero la suspensión de su programa mensual la alarmó y con el correr de los días se enfrentó al hecho ineludible de una nueva maternidad. Entonces apareció en ella su sostenida contradicción. En vez de solidificar su impulso materno, se llenó de horror al darse cuenta de que estaba verdaderamente extenuada por entregarse a los caprichos de esas pequeñas vidas que ella misma había gestado. Hastiada de tanto sacrificio, se sintió incapaz de abastecer a un nuevo ser que se expandía en su cuerpo; pero, sabiendo que no podía impedirlo, se refugió tras una sutil apatía aunque siguió cumpliendo cada uno de sus ritos.

Mi padre recibió la noticia con alegría. Había criticado a mi madre por el excesivo tiempo que nos dedicaba, y ese nuevo hijo, pensaba, vendría a romper el molesto triángulo. También se complacía por sí mismo, pues esa nueva paternidad lo confirmaba en su rol y en sus exactas aspiraciones familiares.

Por eso, cuando vio la cara velada de mi madre, quien desacostumbradamente no logró reprimir sus verdaderas emociones, se le desató la furia y la recriminó durante horas por su aberrante conducta.

Mi padre sintió que estaba ante una desconocida, pero luego pensó que ella requería una atención especial. Al día siguiente la obsequió con un fino y costoso perfume que mi madre recibió sin levantar la cabeza, pero ya repuesta –aparentemente– de su desolación anterior.

Para mi padre todo recobró la armonía desde el instante en que la sintió impregnada por el perfume. No volvió a gastar un minuto de su tiempo en reflexionar sobre ella, salvo cuando la veía deformada, deambulando por la casa. Se sentía entonces traspasado por un profundo sentimiento de compasión por ese destino animalizado, y a la vez se redoblaba en él la felicidad por su condición de hombre, que le deparaba un destino estable e iluminado en su dignidad.

¡Ah! ¡Cuánto nos exigimos mi hermana y yo en esos meses! Comprendiendo que sólo nos teníamos el uno al otro, nos estrujábamos para evitarnos cualquier desengaño. El ancestral pacto se estrechó definitivamente y nos asignó todos los roles posibles: esposo y esposa, amigo y amiga, padre e hija, madre e hijo, hermano y hermana. Ensayamos en el terreno mismo todos los papeles que debíamos cumplir, perfectos y culpables, hostiles y amorosos. Jugábamos hasta caer desfallecidos, pero luego recomenzábamos para internarnos en la yunta predestinada. Jugábamos, también, al intercambio. Si yo era la esposa, mi hermana era el esposo y, felices, nos mirábamos volar sobre nuestra suprema condición.

En esos meses conseguimos consolidar nuestra astucia, dejando de lado a nuestra madre, hundida en una aplastante autocompasión.

Fuimos vigilados, apenas, por mi padre, para quien nuestra vitalidad marcaba el impecable buen curso de nuestra vida.

Prefiero olvidar el nacimiento de la niña. María de Alava fue desde la cuna un ser insoportable. Cuando nos obligaron a mirarla, vimos en su pequeñez enrojecida la crispación de su mal carácter y la pesadez de su futura silueta.

Mi madre, en el límite de sus fuerzas, sólo podía nutrirla en las horas estipuladas. Sin lograr descifrar objetivamente su estado de ánimo, se dejaba arrastrar por un sentimiento anodino que la distanciaba aún más de sí misma. El fervor maternal había cumplido un ciclo en ella. Un ciclo, por cierto, pleno y alienante que ahora cesaba apagadamente, arrastrándola a un prolongado fastidio.

Sentía que su vida carecía de sentido y arraigo. Expuesta a sucesivas transformaciones, se había estrellado contra cada uno de los escollos que le habían puesto por delante, comprometiendo en su empresa, por sobre todo, su propio cuerpo sometido a bastardos experimentos. Por supuesto, la trampa primera y la más corrosiva era mi padre, quien la había utilizado vilmente para reafirmarse ante los demás obligándola a cumplir gestos para él sin considerar sus propios deseos o aptitudes.

Ella soñaba otra vida que sobrepasara la opacidad de la condición que mi padre la había obligado a asumir. Mirando a María de Alava, su horror se duplicó al verla con la cara descompuesta por el hambre.

Palpó sus pechos hinchados, apretándolos, y un chorro de leche inundó su camisa de hilo. El olor de su propia leche le ocasionó náuseas y no pudo acercar el pezón a la boca de la desdentada niña, que se abría como una oscura y mítica caverna.

Mi hermana melliza y yo pudimos independizarnos del apretado cinto familiar. Empezamos, deslumbrados, a recorrer la casa en que vivíamos, pero nos perseguía el llanto permanente de nuestra nueva hermana, que usaba ese instrumento para evacuar la magnitud de su rebelión. Donde estuviéramos, su llanto agudo nos seguía, y optamos por habituarnos a aquel desesperante sonido. Mi hermana melliza la detestaba con más fuerza que yo. Al menor descuido de los mayores, trepaba sobre ella apretándola y cubriéndola de arañazos.

Mi madre, una vez, la sorprendió; sin embargo, su actitud no fue lo suficientemente enérgica. Aún conservaba por nosotros un amor especial, aunque despojado de la pasión del primer tiempo.

A mi hermana le aterró sentirse descubierta, pero cuando vio la mancha turbia en los ojos de mi madre entendió que María de Alava inspiraba un sentimiento antiguo y profundamente destructivo.

¿En qué momento se abrió una fisura en mí? Empecé a ver el mundo partido en dos, amenazando tragarme en sus intersticios. Todo estaba totalmente escindido, con los bordes abiertos hacia un abismo.

Pronto sentí que mi cuerpo se resquebrajaba consumido por una fragilidad indescriptible. Me invadió el terror a perder una pierna en una carrera, a perder un brazo por un movimiento, a que mi lengua rodara por el suelo ante una palabra. Creía que mis pupilas, empezarían a girar descontroladamente dentro de las órbitas, estallando en mil pedazos, cegándome.

Completamente aterrado, suspendí la evacuación de las heces, seguro de perder en el acto mis intestinos. Así mis movimientos se redujeron al mínimo, hasta llevarme a una semiparálisis.

La constancia del miedo me enfrentaba con un mundo empecinado en destruirse y destruirme.

Yo, que estaba extremadamente sensibilizado, representaba la víctima más propicia en esa posible inmolación. La inestable movilidad del exterior condensaba la suma de perversas emociones que amenazaban devorarme. Con mi organismo puesto en contra, sólo me quedaba confiar en el rigor de mi razonamiento. Los latidos cerebrales, me precipitaban a la angustia, provocándome serios desajustes ópticos y los más increíbles trastornos auditivos.

Sin interlocución posible, me hundía cada día más en mi doloroso estado, llegando a temer permanentemente por la integridad de mi cuerpo. La magnitud de mi sufrimiento era desproporcionada para mi ser de apenas cinco años, incapaz de ejercer ningún movimiento de salvataje real sobre sí mismo.

A los cinco años sentía que el universo lastimado me azotaba con los ganchos de su deterioro. Todo entraba en mí, sin que pudiera devolver nada. Demasiado herido, me dejé caer hacia el abismo, que no era sino una zona confusa cruzada de dudas en permanente debate. Era la masa desquiciada en un juego eterno e infernal. Empapado en la duda, hasta mi existencia me pareció cuestionable, o bien la prueba más tangible de un mundo oscuramente contrariado. Un mundo caotizado por la ausencia de un forjador que depositara en cada ser, en todo engendro humano, la paz ante su finitud y una resignación piadosa ante la apetencia genital. Desde el instante en que percibí el descabezamiento del mundo sin institución ni norma, choqué con mi momento más oscuro y crítico.

Mi madre, como fracaso de su propia institución, era la masa que me había aprensado contra sus grietas, cercenando en mí la posibilidad de navegar tras mi propio naufragio. Con el mundo partido en dos, mi única posibilidad de reconstrucción era mi hermana melliza. Junto a ella, solamente, podía alcanzar de nuevo la unidad.

Fue un ascenso lento y detenido en cada tramo. La viveza del cuerpo de mi hermana me daba fuerza para caminar apoyado en su hombro o para extender un brazo y tocarla. La validez de su boca me impulsó palabra por palabra. Paciente ante mis tropiezos, incrédula ante mis presagios, me cargó de regreso hasta aproximarme a mi elástica edad cronológica.

Mi hermana melliza armó pieza por pieza mi identidad, mirándome obsesivamente y traspasándome su conocimiento. Me obligó a separar el cuerpo de mi pensamiento y a distanciarme del orden de las cosas.

Utilizando el sistema ancestral del juego, me introdujo de nuevo a un mediano equilibrio: «Un padre no se rompe, ¿ves?», me decía jugando al padre indestructible. Caminaba después en forma geométrica mientras yo permanecía en el centro-eje de sus pasos.

Optó por la repetición, por la desesperante y útil repetición. Hasta en sueños escuchaba: «Un padre no se rompe, ¿ves?», repitiendo las palabras en un eco sostenido y geométrico.

El vicio de mi madre consistía en aferrarse a circunstancias altamente riesgosas para lograr rehacerse a sí misma. Después del fracaso de cada opción a la que se había entregado en forma verdaderamente anormal, caía en un estado neutral y melancólico.

María de Alava creció en medio de ese estado, pero estaba medianamente protegida por la unidad genética de mi padre, que en ella era dominante. Tenía algo virilmente hostil que se podía leer no sólo en sus facciones y modales, sino en la manera en que procesaba sus conductas mentales.

Su cuerpo era ancho y pesado. Un levísimo arqueo en sus piernas hacía que su caminar estuviera ostensiblemente unido al movimiento exagerado y duro de sus hombros. En sus primeros dos o tres años de vida se fueron consolidando esos rasgos sin que experimentaran grandes alteraciones.

Su semejanza con mi padre, notoria desde su nacimiento, se mantuvo en constante progresión, lo que atrajo la debilidad paterna hacia ella. Gozosa de este privilegio, pudo así evadir su necesidad de madre, pues la nuestra estaba, una vez más, inmersa en una grave crisis personal y elaborando pertinaces fantasías.

María de Alava desarrolló hacia nosotros una cauta observación. Si bien nos espiaba frecuentemente, no realizaba gestos que indicaran acercamiento, como si temiera el rechazo o el abuso. Elaboraba solitaria sus propias ceremonias lúdicas, en las que el rito remitía a animales míticos. Imaginarias batallas feroces en las que algo parecido a una pantera era devorado por algo parecido a un centauro.

Inicialmente, no nos percatamos de la naturaleza de los entes que ella ponía a combatir en la historia de sus juegos, pero sus sonidos, guturalmente salvajes, nos llevaron a descubrir su secreto. Mi hermana melliza se admiró de su valentía. Yo, pensando en la fuente de su conocimiento, lo adjudiqué a la calidad de los sueños de mi madre, quien, durante el proceso de gestación, seguramente estuvo desgarrada entre pulsiones animales. Pasada la sorpresa, sus juegos no nos despertaban asombro ni interés, y ni siquiera su ocasional vigilancia constituyó motivo de molestia.

María de Alava parecía un ser convencional. Todo estaba racionalmente medido en ella con la razón que tan bien identificábamos en mi padre.

Fue él quien, personalmente, se encargó de llevarla a la red del lenguaje, que ella adquirió después de algunas dificultades. Fue él, también, quien le enseñó algunos rincones de la casa, advirtiéndole que no se acercara demasiado a nosotros, manteniéndonos en espacios alternos.

Sin dolor fuimos testigos de su preferencia por ella y asistimos a su constante proteccionismo. Esa entrada tardía en la paternidad parecía verdaderamente inexplicable, como si se hubiera sentido obligado a duplicar su rol ante la indiferencia de mi madre, que no lograba salir de su modorra.

Nada de eso afectaba a María de Alava. Seguía con sus juegos relacionados con las más delirantes zoologías, con su única persona como público.

Mi hermana melliza, a veces, mostraba una carga homicida en sus ojos y corría hasta mi madre, quien buscaba en esos días una fórmula para abandonar la casa. Todas sus horas las destinaba a planear su fuga, estremecida por el resurgimiento de su fiebre genital, la cual le ocasionaba ilimitados deseos y ansiedades. Vivía escudada tras la fantasía de la huida y, de hecho, una parte de ella ya nos había abandonado. Sin perder su encanto cumplía cada una de las peticiones que se le hacían, pero cualquier mirada atenta podía percibir que sus gestos y movimientos eran mecánicos, que no veía ni escuchaba nada más que sus propias imágenes y voces.

Nuestra salida al exterior fue verdaderamente estremecedora. La ciudad, tibiamente sórdida, nos motivó a todo tipo de apetencias y activó nuestras fantasías heredadas de mi madre. Se podía palpar en el espesor ciudadano el tráfico libidinal que unía el crimen y la venta. Los bellos torsos desnudos de los jóvenes sudacas semejaban esculturas móviles recorriendo las aceras. En ese breve recorrido nuestros ojos caían en una bacanal descontrolada. Mi hermana melliza, encandilada por la musculatura masculina, tendía su perfil con los labios resecos por la falta de saliva. Sus párpados entornados, al caer, permitían leer la instalación de una significativa y precoz lujuria.

Un pantalón raído y desgarrado, liberando un fragmento de pierna, volvía la mirada de mi hermana tan oscura y penetrante como la viscosidad de un pantano. Yo miraba todo aquello a través de sus ojos hasta que los míos se abatían enrojecidos por el potencial de las imágenes.

Esos curiosos y opulentos hombres sudacas parecían a punto de estallar por la presión de la ciudad. Mi hermana y yo soñábamos con perdernos por esas callejas ofertando trágicamente nuestra niñez inédita.

Llegando a las aulas, pasamos, humillados, nuestra experiencia escolar. Tardábamos un tiempo en descartar las visiones anteriores y concentrarnos en el mundo del saber. No podíamos con la multitud de magros seres imposibles que poblaban las aulas. Nuestra compostura y la vivacidad de mi hermana provocaban prontas envidias por parte de los niños, quienes no cesaban de agredirnos a cada minuto. Mi hermana melliza estaba conmocionada por la vulgaridad del recinto y detestaba que la confundieran con el resto del grupo. Buscaba destacarse sirviéndose de los perfumes de mi madre o de su perspicacia para captar cualquier defecto.

No teníamos dificultad alguna para entender las distintas materias; el conocimiento se canalizaba fluyendo por nuestra inteligencia, lo que irritaba aún más a los niños, quienes lograban torpemente dominar asuntos simples y grafías estereotipadas.

Mi hermana gustaba de vanagloriarse de sus logros. Se burlaba de los tropiezos de los demás inventando denigrantes apodos que pronto empezaban a circular de boca en boca.

Toda esa energía fue demasiado para mí. Exhausto por los cuerpos sudacas y sobrecogido por el bullicio mediocre de los niños, caí en un cansancio sospechoso que hacía que me durmiera en cualquier sitio. Una palidez cetrina empezó a amedrentar mis facciones y acabó por disminuirlas hasta un semianonimato. Mi hermana melliza apretaba mis mejillas para procurarme color, pero el efecto rojizo desaparecía casi al instante.

Mis entresueños tejían fragmentarias historias taponadas de gritos y muslos sangrantes. El rojo, protagonista de esas visiones, escurría, líquidamente espeso, derramando imágenes de muerte. Algo estaba, una vez más, apagando mi organismo, pero también alertando a mi cerebro y generando defensas.

El más mínimo esfuerzo se transformó, pronto, en un punto inalcanzable. Mi concentración decayó y mi fluyente aprendizaje se atascó como en un dique.

Nuevamente mi madre encaró mi enfermedad. Procedió, según sus propias reglas intuitivas, mezclando yerbas fuertemente amargas que me devolvieron lentamente la salud y la fuerza para afrontar el espacio público.

Mi hermana melliza, en esos días, desarrolló modales provocativos y banales. Tuve que ejercer sobre ella todo el peso de mi autoridad basándome en sucesivas humillaciones y menosprecios a sus capacidades. Ella, en el fondo extremadamente vulnerable, volvió a elaborar gestos complejos y profundos que eran la clave central de nuestro entendimiento.

Con su breve cambio había pretendido excluirme para lanzarse solitaria a la caza de otros afectos permanentes.

Bruscamente dejé de interesarme en los avatares de mi madre. Su presencia se incorporó a la totalidad de los movimientos de la casa, transformándose casi en un objeto más como prestadora de servicios. Incluso pensar por más de un segundo en ella me llenaba de una vergüenza que no era capaz de desentrañar.

Ocasionalmente, me rodeaba con muestras exageradas de afecto que yo rechazaba de plano. A mi madre eso la divertía, y lucía entonces una sonrisa irónica que yo evadía alejándome.

Su constante ironía me mantenía distante la mayor parte del tiempo, pues no sabía cómo responder o desde qué flanco atacarla. En el límite de mis diez años, me negué a que ella me bañara luego de percibir su huella irónica en los momentos en que dejaba caer el agua tibia sobre mi cuerpo desnudo. Así, desligándome de todo contacto personal, le permití sólo asistirme en funciones de máxima objetividad. Ella no opuso resistencia a ninguno de mis desprendimientos, los cuales yo iba estableciendo de manera muda y perentoria. Sensible a mi conducta, entendía de inmediato el sentido de mis gestos y me liberaba con una cierta indiferencia.

Sólo se manifestaba contrariada por la cercanía entre mi hermana melliza y yo. Ingeniaba sistemas para separarnos, pero mi hermana socavaba su resistencia con súplicas obsesivas. Erróneamente, pretendía producir encuentros entre mis dos hermanas, pero ninguna mostraba simpatía por la otra. Al revés, cualquier circunstancia era propicia para golpes y caídas que dañaban principalmente a María de Alava.

Yo odiaba los disturbios y me tapaba los oídos, llevado hasta el borde del desquicio. Si estaban cerca la una de la otra, me ponía tenso y alerta a cualquier pretexto que pudiera generar los insoportables conflictos que tan bien conocía. A veces yo mismo era motivo de conflicto. Si le hacía una simple pregunta a María de Alava, se desataba la furia en mi hermana melliza, que se le abalanzaba. Después se fugaba, dejando a la otra convulsionada por un llanto histérico.

Estaba francamente alarmado por los pleitos familiares. La vanidad y los celos, dirigían convulsivamente sus actos, apartando todo vestigio de racionalidad. Yo, como mi madre antaño, aspiraba a abandonar la casa para encontrarme con un paraíso uniformemente masculino.

Mi padre se comportaba conmigo formalmente considerado y distante. Su única excentricidad consistía en salidas ocasionales para abastecerme de ropas. Sus ojos, brillaban ante las distintas prendas, demostrando gran conocimiento en materia de telas. Las palpaba entre los dedos y describía agudamente su calidad y resistencia. Las camisas de seda eran su adquisición favorita. Yo compartía con él el placer por la seda, que me cubría de agradables escalofríos cuando se deslizaba por mi carne desnuda. Mi padre tardaba horas en tomar una decisión. Extendía sobre el largo mesón dos o tres camisas para compararlas o examinar la calidad y la nitidez de los brillos. Extasiado por los pliegues, las yemas de sus dedos recorrían la superficie de las prendas con la precisión de una caricia íntima y con el temblor de una pertinaz impotencia.

Para él, yo no contaba en esas horas. Cuando finalmente se decidía, me ordenaba la prueba final. Sus

ojos entonces revelaban una evidente decepción, como si mi cuerpo disminuyera la calidad de la tela y
mi rostro ahuyentara la grandiosidad de su belleza.

A los doce años tuve mi primer encuentro genital. Estuve al borde de consumar el acto transmutado por la fuerza ancestral de la pasión. No sabía si estaba librado a la gloria o al suplicio; quería ir más allá, debía ir aún más allá, hasta unir lo lento con lo vertiginoso, el desorden y el máximo rigor conjugados vertebralmente en la carne sagrada. Fue un encuentro callejero en un día pesadamente nublado. Yo caminaba atento por las estrechas callejas cuando intuí que alguien me seguía. Mi corazón palpitó desbocado, anhelando el secreto goce que emergía desde una parte de mi mente.

Muy pronto me di cuenta de que era yo quien seguía a alguien pausado y grácil que se deslizaba con un rítmico contoneo. La exactitud de la situación me hizo temer la presencia de una alucinación fantasiosa, pero el sigilo de sus pasos, el frío preciso y la irregularidad del suelo me confirmaron que estaba ante un mundo completamente real.

Asombrado, entendí que estaba siguiendo los pasos de alguien sin saber por qué lo hacía ni a quién correspondía esa figura. Me pareció un tiempo extraordinariamente fijo y crucial que me hizo salir de los terrenos conocidos e internarme por el jeroglífico ciudadano en donde la similitud y la diferencia se desdibujaban.

En un momento determinado perdí la figura. Desolado e invadido por la inercia, empecé a rondar circularmente el lugar, pensando ya nostálgicamente en la difusa pérdida. Me sentí privado de una presencia absoluta, más fundacional que mis padres y más misteriosa que la suma de mis flujos. Terriblemente entristecido, inicié el regreso. Los cuatro caminos que tenía ante mí se me presentaban igualmente posibles e igualmente errados. Comprendí que no sólo había perdido a alguien: yo mismo me había perdido en la búsqueda.

Era absurdo apostar al regreso. Uno de aquellos caminos me devolvería a mi casa, pero si erraba, el tiempo del regreso se retardaría tres veces más. Parecía que me estaban castigando por seguir el impulso de mis designios. Pronto iba a oscurecer y con ello se extendería el peligro en la ciudad. Me habían advertido tantas veces de eso que me parecía un sueño estar expuesto allí, justo al borde de las prontas tinieblas, amparado por construcciones humildes y desconocidas.

Algunas caras me observaban con curiosidad mientras yo permanecía empecinadamente rígido frente a los cuatro caminos. Intenté, desesperado, rehacer el camino original, pero todas las posibilidades me parecían igualmente válidas. Angustiado por el frío, tomé una azarosa determinación. No sabría cómo definir mi opción ni qué recuerdos o presunciones calibré mientras enfilaba directamente hacia lo que yo creía era el sur.

Me aguardaba una larga y solitaria caminata, aumentada por el miedo que estaba sobresaltando mis pasos. Nada había que me distrajera, salvo el cielo cerrándose cada vez con mayor rapidez.

De pronto, cuando la miseria se me dejaba caer encima, vi la figura detenida a cierta distancia. La visión casi me paralizó y de inmediato me poseyó un irreprimible deseo. Sin pensar caminé a través de la casi completa oscuridad y me detuve guiado por el olor de la piel.

Me sentí empujado contra la pared de piedra, respirando al unísono con la figura que se acercaba rozándome. Sus manos empezaron a recorrerme de forma suave y experta, presionándome con los dedos para apartarme las molestas ropas. Esas manos, recorriéndome una y otra vez, encontraban en mí lo más bello del intercambio público.

Sin sentir las piedras a mi espalda, buscaba llegar a la profundidad total luego de que las caricias me prepararan hacia ese instante. Completamente fuera de mí, intenté palpar el otro cuerpo, pero sus mismas manos me frenaron.

Como desagravio, su boca tapó la mía conjugando el vicio de la saliva. Mi lengua, interna e insignificante, adquirió otro valor: era una espada que buscaba herir a mi rival y que, a la par, buscaba lamer a mi aliado. El líquido combate movedizo de nuestras bocas se prolongó por un tiempo desesperante y desesperado. Ondulaciones, persecuciones y aguijonazos imprimían un ritmo jadeante a mi respiración, que se elevaba nasalmente vulgar. Al límite de mis fuerzas, busqué decididamente la consumación, pero la figura huyó y me dejó ardido contra las piedras.

Entonces empezó el dolor. Un dolor agudo y genital provocado por el deseo, vivo y demandante. Impúdicamente solitario, me resigné a la gloria individual que por primera vez cursaba totalmente. La satisfacción alcanzó la curva del deseo y la dimensión del abandono. Cuando sentí la violencia de las piedras a mi espalda, supe que todo había terminado.

Las horas de regreso a mi casa fueron horas agónicas en las que maldije asesinando mi vitalidad sexuada. Me reduje al estado de mácula, indigno de habitar mi casa y mi familia. Sentía que mi mente y mi cuerpo condensaban el eccema del mundo.

A intervalos, unas violentas oleadas me entibiaban reproduciendo la templanza anterior, que redoblaba el deteriorado juicio sobre mí mismo. El sermón de la razón me imprecaba incesantemente, acusándome de un alevoso crimen cuyo precio eran la vergüenza y el horror permanentes.

Para sacarme ese peso de encima me prometí los más vastos sacrificios, que llegaban hasta el castramiento eunuco. Sin embargo, algo se había pervertido irremediablemente en mí y, en el fondo, me había abierto hacia una forma de vida cínica a la vez que sincera.

Un intenso sufrimiento me acompañó por varios días, pero paulatinamente me concentré, lleno de ansiedad, en dilucidar los detalles de aquel encuentro callejero.

No pude precisar quién ni qué me sedujo ese anochecer. En ninguna de mis constantes reconstrucciones pude afirmarlo con certeza, aunque estoy seguro de haberme encontrado con la plenitud de la juventud encarnada en una muchacha mendicante o en un muchacho vagabundo que, cerca de la noche, se convirtió en una limosna para mí.

Mi hermana melliza captó de inmediato lo que había sucedido. Al principio negué, empecinado, lo que catalogué como delirantes suposiciones suyas. Luego, en vista de que continuaba presionándome, acudí a un molesto mutismo para ahuyentarla. Ninguna de mis actitudes era capaz de detenerla y llegó hasta a ofrecerme regalos si le detallaba lo ocurrido.

Me ofreció casi todo lo que poseía, incluso aquellas cosas que más apreciaba y que ornamentaban su existencia. Finalmente cedí no porque me hubieran tentado sus ofertas, sino por la imperiosa necesidad de dilucidar los sucesos del atardecer.

El inicio fue titubeante y engorroso, pero luego las palabras fluyeron extraordinariamente precisas, estimuladas quizá por la expresión inequívocamente alterada de mi hermana, incitándome a una procacidad cada vez más profunda. Su rostro oscilaba desde una palidez elocuente hasta un enrojecimiento culpable y sensual.

Aunque yo la nutría de sensaciones desconocidas, la fuerza de la envidia aparecía en la crispación de sus facciones y en la permanencia de una sonrisa insostenible. No me interesaba aplacar sus sentimientos, pues había caído en la compulsión reiterativa de aludir a lo pasado una y otra vez, como si la fuerza de los detalles pudiera atraer el vigor de lo vivido.

Reconozco que no medí el real efecto que mi acto alcanzó en la conciencia de mi hermana, pues me comportaba según mis propias necesidades y carencias. Pronto la fiebre y la peste la estragaron, llegando a tal deterioro que estuvo al borde de la muerte.

Casi no dormí en esos días. La fiebre delirante la hacía nombrarme frecuentemente y, lo peor, modulaba fragmentos del episodio que le había relatado. Mis padres entendían a medias sus palabras, pero no les era ajeno su procaz contenido, imposible en una niña de doce años. En ellos crecían el repudio y el asombro, matizados con el dolor por su próxima pérdida. Confieso que me aliviaba que no relacionaran esas palabras conmigo, pero en mí también aumentaba el terror por su inminente abandono.

No me era posible pensar la vida sin mi hermana. Una parte mía terminaba en ella, quizá la parte más sólida y permanente.

Casi no me moví de su lado, compadeciéndola por las pústulas que la invadían y le impedían beber, mirar y –casi– moverse. Su esbelto cuerpo se transformó pronto en un raquítico esqueleto amarillento, cubierto de erupciones que sus pequeñas manos rompían con el roce. La sangre y la pus corrían manchando las sábanas, que había que cambiar varias veces al día. Mi madre fue informada de que debía aguardar el curso propio de la enfermedad, que descansaba sólo en la resistencia orgánica de mi hermana.

La casa era un caos, sacudida por el rumor de la muerte. El contagio trepaba por las paredes y nos observaba desde las ventanas. Pero yo no me amilané. En algún lugar sabía que estaba inmunizado, pues mi hermana había invocado aquel mal para liberar sus propios apetitos. En realidad, ella había invocado la muerte para castigarme y castigarse. Sabía, también, muy confusamente, que en mí descansaba la posibilidad de su cura, aunque desconocía la forma exacta de procurársela.

En las horas en que mis padres dormían, me sentaba al borde de su cama acechando en ella alguna señal proveniente de la profundidad de su cuerpo.

Una y otra vez su voz se elevaba dificultosamente, reproduciendo las frases de la situación que yo, de nuevo, quería olvidar. Sin duda, mi hermana melliza se estaba dejando morir. Su lucha era a cada momento más débil y su estado transitaba entre la vida y la nada.

No iba a permitir su deserción. Dispuesto a todo, busqué, a la desesperada, un recurso único capaz de devolverle su altanera resistencia al exterior. Revisé atentamente la situación pasada buscando una razón posible para su fisura. Un elemento permaneció entero después de descartar la mayoría de los sentimientos que eran frecuentes en ella. La obsesión que la regía era, desde luego, el centro de su crisis.

Aun así, aislando ese factor no podía resolver la causa exacta que había desencadenado su quiebre obsesivo, quiebre que yo me sentía desde ya capaz de disolver. Yo mismo llegué a obsesionarme, pero me parecía lícito, pues me movía la emergencia de la muerte.

Mi cabeza estaba a punto de estallar. Por un momento pensé que no había ninguna salida posible y que se estaba consumando un fratricidio.

Volví a pensar que una parte mía correspondía a una zona común con mi hermana y, ocupando su lugar, me interrogué sobre aquello que podría constituir en mí una fractura. La voz y la verdad me iluminaron. Como un antiguo y eficaz curandero, me arrastré hasta su cama, surcada de pestilencia y sufrimiento, y empecé a hablarle con el amor de un enfermo a una enferma, diciéndole que para mí ese otro o esa otra que me asaltó o a quien asalté en la angosta calleja fue siempre ella, que en ningún momento estuvo fuera de mis sentidos, que estaba allí, que era ella, que éramos. Mi mano se posó en su cuello mermado por la infección para darle a entender que no la temía y que su cuerpo agarrotado seguía hegemonizando mi mente.

La realidad de mis frases descorrió el velo que tan angustiosamente trataba de conservar. Sollozando, me dejé caer sobre su pecho hasta que su mano, que comprendía, tocó mi cabeza.

Después vino la mejoría. Mis ojos tardaron en encontrar los de ella. Sus ojos dilataron la frontalidad como si el mal hubiera roto algo entre nosotros, dejándonos abruptamente encadenados a una desoladora falta de ficción.

Mi madre mantuvo una espesa conversación con mi hermana. Sondeando sus costumbres, le preguntó sobre la naturaleza y el sentido de su salida al exterior. Yo le había advertido del efecto que sus palabras habían tenido en mis padres, y eso le permitió salvar con éxito el difícil momento.

Habló en tono confesional de los sueños turbios que la atemorizaban. Dejó entrever que su delirio onírico la consumía en una fuerte carga corporal desconocida para ella. Mi madre aparentó entender, pero desde entonces apartó decididamente a María de Alava de nosotros.

La casa estuvo terriblemente tensa. Mi hermana melliza fingía hasta el cansancio diversas actuaciones púdicas, dejando de lado los perfumes de mi madre y restándose sus amados atributos.

Me negué a participar en su farsa. La hosca actitud con mi madre se acrecentó hasta la evidencia. De modo inapelable comprendí que mi madre estaba profundamente envidiosa de mi hermana y encubría sus sentimientos con rigurosas y ajenas pautas morales. A mi hermana se la sancionaba no por lo que hacía, sino por lo que era: una niña que crecía ajando a su madre.

Temí la venganza. Ya percibía que una mujer envejecida era capaz de cualquier cosa para encubrir su proceso. Hube de alabarla y me plegué a la actuación de mi hermana. Le hablé de lo que más me desagradaba en ella: su permanente sonrisa juvenil, que la distanciaba de su mirada, de sus pasos, de sus palabras.

Le hablé de su sonrisa joven y los ojos de mi madre se velaron por las lágrimas. Atisbé, una vez más y a pesar mío, que seguía atada a sus malas apetencias, apozadas en su mente con la misma carga de los pasados años.

Aconsejé a mi hermana la distancia. No soportaba que fuera victimada por los años de otra mujer. Silenciosos y juntos, retomamos la respiración de las salidas. Encubiertos detrás de lo imposible, soportamos íntegros las miradas que nos juzgaban desde todos los rincones de la casa.

¡Ah, el terror y el acoso de la sangre! Recuerdo cuando mi hermana sangró por primera vez. Muy cerca de los trece años inició un viaje ajeno, lleno de malestares que yo jamás sentiría. Ya antes había intentado hablarme de eso, asustada y ansiosa por el proceso que la esperaba. No quise escucharla, y menos aún hacer comentarios sobre lo que me parecía un síntoma sucio y personal.

Pero llegó el día en que mi hermana se vio manchada entre las piernas y reaccionó como si hubiera recibido un palmazo en plena cara. La vi tremendamente pálida, tomándose el bajo vientre con las manos, todavía bajo el efecto del asombro. Las lágrimas corrían por su cara sin querer aceptar el testimonio de su infertilidad.

Mirándola, por única vez me pareció una niña casi anodina al borde de la desfiguración. No sabía ni quería consolarla; algo definitivo se interponía entre nosotros. Ella pagaba su costo sexual y marcaba su normalidad a esa filiación. Me conmocionó su mansedumbre genética, como si nuestra unidad gestante no hubiera significado nada o, al menos, nada importante.

No pude evitar que mi mirada dejara traslucir mis sentimientos. Mi hermana se sintió culpable e inocente a la vez, y leí en ella una serie de reproches capaces de erosionar aún más el signo de nuestra alianza.

Un golpe de sangre nos detuvo. Horrorizado, me di cuenta de que sangraba profusamente por la nariz. Me llevé la mano a la cara y la retiré mojada. Mi camisa estaba completamente salpicada de rojo. Nos miramos suspendiendo la necesidad de las palabras y la arrogancia huyó despavorida de nosotros. Se había establecido de nuevo, ostentosamente, el nexo íntimo agobiante y absoluto.

Debo reconocer que el paño helado detuvo la sangre de inmediato, pero no aminoró la potencialidad del designio. Sin saber si yo intentaba fundirme en ella o si, al revés, era ella quien había desatado mi sangre, nos apartamos intuitivamente, sintiendo el hábito de la transfusión.

Nunca, que yo recuerde, hicimos ningún comentario sobre aquel hecho. Los ciclos de mi hermana fueron silenciados y apartados. Se retiraba de mí en esos días ocultando su palidez y macilencia, pues sabía que no la apreciaba en ese estado.

Cuando retornaba a su belleza, se abría entre nosotros la locuacidad. Hablábamos de las mujeres y los hombres que nos embestían saliendo de las angostas callejas.

La apetencia. La brusca emotividad de la apetencia. Era el ir y venir de una herida infectada y abierta que palpitaba irregularmente. La oferta y la demanda se concentraban en mi cuerpo, por instantes degradado, por instantes ascendente. Escudado en la serenidad de la noche, la vigilia ciega me asaltaba tal como una mujer desnuda en un terreno erial o como la magnitud cósmica de un parto.

El titubeo culpable de mi mano respondía al clamor de mi carne e invalidaba todos los pudores que pedía a la parte más intangible de mi ser, que yacía violado.

Vital como la comida, mi apetencia renacía desde la muerte venciendo mi voluntad. Había perdido la conciencia de mí mismo en el campo de batalla abierto entre mi cuerpo y mi mente.

El asalto podía venir en cualquier instante. Temí, por lo tanto, el estar solo. Lo temí con la intensidad de la oscuridad de la primera infancia, y entendí que ese miedo primitivo era una alerta por el tráfico procaz entre el cuerpo y la mente.

Nada más amenazador que el rito con que el cuerpo se festejaba; nada más humillante, tampoco, que el cuerpo lacio y exhausto dotado de imágenes que forzadamente reaparecían, extravagantes en su sensualidad.

Mis paseos por las callejas parecían ser un depósito de visiones que luego, en soledad, rehacía según el dictado de mis caprichos. Me parecía inverosímil el quiebre de mi integridad, dócil a las peticiones de mis fibras celulares, porfiadamente activas y clandestinas.

Debí habituarme a mi cuerpo como hube de acostumbrarme a casi todas las irregularidades de mi vida: acumulando la ira de la víctima destinada a no compartir con nadie su secreto, ni exhibirse, ni festejarse en sus vicios.

Mi hermana quiso agotar toda la seda y todos los brillos. Su cuerpo de trece años estalló de la infancia y, púber, se asomó a las líneas que auguraba. Las épocas desfilaban en los trajes que improvisaba para mí. Carente de estilo, yo era su público y su consejero. Pensé que el color malva era para ella. Pintaba sus mejillas de malva. Escurría el malva por sus labios. A veces me inclinaba al rojo y, si mi ánimo estaba sereno, le esparcía suaves tonos de rosa.

Procurando desesperadamente un estilo, su actuación febril me esclavizaba por horas a su lado, mientras yo intentaba complacerla. La pintura facial la ponía en el centro del absurdo; los ropajes con que ceñía sus caderas y su pecho, en vez de resaltarlos, evidenciaban su excesiva delgadez. Sólo parecía ir bien cuando su disfraz remitía a sus trece años.

En esas ocasiones, su edad amenazaba desintegrarse, y pasaban todos los años por su cuerpo de modo salvajemente carnal y provocante. Pero ella se resistía, llevada por su fantasía de mujeres exactas y unívocas.

Su vanidad crecía como la oscuridad invernal. Viviendo en sí y para sí, me utilizaba para reflejarse en mis pupilas, para leerse en mis pupilas, para apreciarse en mis pupilas.

Yo sabía que ella estaba desviando sus propios apetitos. Asistía a la sucesión de actos dolorosos en los que se negaba para suspender el perturbador presente. Agitada y sufriente, la noche la encontraba rendida y su pálida faz se entregaba al sueño de su cuerpo cansado.

No obstante, un día me lo dijo en medio de un arranque que no pudo dominar por más tiempo. Me lo dijo conociendo la profundidad de la herida que me iba a provocar. Me habló de ejércitos de muchachas y muchachos que la visitaban en su mente. Me habló, también, de mendicantes sudacas que la seguían para desgarrarla.

Quería abandonar la casa y bailar en el exterior hasta caer muerta. Cada minuto era para ella una pérdida. Todo el mundo se reía, en todo el mundo la fiesta crecía sublime mientras ella estaba condenada tras el muro del claustro. Yo era su guardián, su carcelero más feroz. Me habló con odio, un odio inmerso en una desconocida frialdad.

Pronto la poseyó la histeria y me culpó de intenciones más perversas. Afirmó que yo jugaba con su mente para empujarla a la insania. Su injusticia era insoportable. Mientras la observaba, casi no podía creer que ella estuviera diciendo verdaderamente esas palabras.

Me pareció un pequeño espíritu del mal y, sin poder controlarme, inicié una serie de acusaciones contra ella. Invadido asimismo por la histeria, denuncié su patetismo femenino y su irrisorio contacto con el mundo. Le dije que en la fiesta del universo ella interpretaría el papel más despreciable, que no tenía vida si yo no se la otorgaba y que sin mí no era digna de ser tomada ni siquiera por un labriego. Denuncié las escasas líneas de su cuerpo y la limitación de su pensamiento, encubierto tras la mediocridad de su astucia.

Aulló como un cachorro y se me vino encima para golpearme. Mis manos la esperaron. No podía dejar de atacarla, reaccionando como un marido que recién se hubiera enterado de que su mujer copulaba con todos los hombres del pueblo. La golpeaba para vengarme de su peso, que arrastraba desde el segundo día de mi vida. Me golpeaba también a mí mismo a través de ella.

Viví entonces la utilidad de la violencia sintiéndome capaz del crimen, ansiando el crimen para terminar definitivamente con el conflicto.

Tirada ella en el suelo, seguí golpeándola con pies y manos. De pronto sus quejidos cesaron y el silencio, a la vez que me desconcertó, despertó mi razón. La miré terriblemente extrañado por mi actitud. La extrañeza llegaba antes que el arrepentimiento. Me parecía imposible que yo hubiera sido capaz de tal furia. Por eso mi mirada buscó en ella el detonante de mi ira. Allí estaba, ovillada y rodeada por sus brazos. Sus ojos parecían aún más calmos que de costumbre y la crispación de su cara había cesado. Había recuperado su belleza a pesar de las líneas rojizas en sus mejillas, en sus brazos y en sus piernas.

Ella estaba sonriendo. Creí que era una ilusión óptica, pero la volví a observar: una definida sonrisa se dibujaba en su boca.

Desde el dintel de la puerta sentimos la voz de mi madre. Por su expresión supimos que había asistido a toda la escena. Mi hermana se levantó y, de pie, ambos la enfrentamos. Yo estaba demasiado avergonzado para inventar un ardid. En realidad, no fue necesario, pues mi madre se adentró en la pieza y, apoyada en la muralla, se tapó la cara con las manos.

Los muchachos rondaban a mi hermana permanentemente. Como insectos de luz, revoloteaban a su alrededor dando bruscos aletazos a la pose. Intentaban halagarme para hacer de mí su cómplice proponiéndome absurdas competencias cuyo precio era permitirles la entrada hasta mi casa.

Entre todos ellos, uno parecía desintegrado por la pasión. Alto y bien dotado, perdió toda su compostura con ella. Antaño él dirigía, altanero, las agresiones y las burlas, pero con la aparición de mi hermana empezó a debilitarse de una forma tan alarmante que su imagen trastabillaba entre el patetismo y la compasión.

Cerca de mi hermana su timidez parecía francamente femenina y chocaba con su parte masculina, en la que leía la prisa por la posesión. Podían interpretarse como en un libro abierto todas sus fantasías nocturnas y diurnas aflorando en el temblor sudoroso de sus manos y su cuerpo, que, significativamente, se erectaba rígido cuando la tenía cerca. Él quería, ante ella, ser un modelo ejemplar. Pero su modelo se desplomaba hecho trizas, reemplazado por una conmovedora bondad paterna en la que suspendía su propia vida; le regalaba su vida para obtener parte de su cuerpo.

Sin embargo, era constante en el muchacho su belleza. Incluso hundido en la pasión, su belleza se iba profundizando hacia un estadio de gran pureza que adquirían delicadamente sus movimientos. El muchacho parecía el producto de un prolongado desamparo afectivo o bien, al contrario, se podía pensar que lo habían mimado hasta el paroxismo y por primera vez quería devolver el gesto.

El implacable e inseguro mundo masculino lo desalojó del pedestal que se le había otorgado. Su nombre fue vituperado de boca en boca con toda clase de apodos ridiculizantes, extraídos del carácter de las niñas.

Curiosamente, al muchacho nada de eso le importaba; a la inversa, parecía complacido por la creciente humillación. Muy próximo al misticismo y al sacrificio, parecía regocijado por el ataque social, como si su brutal marginación fuera el precio que debía pagar para alcanzar su deseo.

La vanidad de mi hermana creció como la aparición de un nuevo sol en el universo. Oscilaba entre el rechazo y la cercanía. Ávida de mayores sacrificios y muestras de amor, cada fractura en el muchacho la recibía como signo de homenaje. Yo, que no dejaba de observarla, vi cómo él iba adentrándose en su mente desde una posición degradada pero no por eso menos significativa.

Desde luego, mi hermana no podía entender la enorme diferencia que el muchacho tenía con ella y de qué modo no era sino un pretexto que le permitía liberar su ambigüedad. Él la estaba utilizando para despeñarse cuesta abajo, sintiéndose aterrado por su creciente belleza.

Había decidido renunciar y reducirse al dominio de mi hermana desligándose de su propio poder. Era el fracaso y el pánico ante el modelo masculino, modelo que quebraba, precisamente, para hacer triunfar la seducción.

Vi que mi hermana estaba al borde de caer en la trampa. Sólo podía ser, esquivamente, atrapada por aquel que imitara su propio género y su única casta. Por aquel que fuera capaz de compartir y adscribir su lugar mermado y expuesto.

Me deslumbró el sacrificio del muchacho. Entendí que había explorado a fondo la confusa mente femenina, comprendiendo el aprecio que sentían ellas por formas alteradas, paralelo a la devoción que les despertaban las formas regulares. La diferencia al modelo se transaba, en las mujeres, a un precio elevado y podía llegar a ser más esclavizante y perdurable que el arquetipo conocido.

Desde su lugar el muchacho guardaba conmigo una prudente distancia. Sin demostrar animosidad, permanecía apáticamente al margen. Nuestra casa tampoco parecía constituir para él una obsesión. Sólo se movilizaba con sagacidad por las aulas y a través de las calles de la ciudad. Como un adicto de la mirada, mis ojos no me daban tregua. Las horas transcurrían descifrando movimientos y situaciones. En momentos privilegiados llegaba a una sabiduría tan absoluta que temí ser capaz de descifrar secretos campos jeroglíficos. Nada me interesaba menos, pero parecía que el misterio se ponía delante de mí ofertándose como una mujer hambrienta.

Mi cabeza no cesaba de destejer las hebras que tramaban la conducta humana. Pero no quería examinar la mía ni reconocer lo penoso de mi actividad. El muchacho logró, sin proponérselo, que me volviera hacia mí mismo. Durante todo ese tiempo el conocido malestar me había poseído oprimiendo mi pecho bajo la forma de la angustia.

No soportaba asistir al traspaso afectivo que entre ellos se estaba produciendo y que me lanzaba a la exclusión y a la desdicha. Yo sentía casi lo mismo que ellos e incluso vibraba aún más intensamente que ambos, pero –también– nada me era propio, salvo el excedente de sentimientos ajenos. Como un parásito deshacía y anulaba mi estima.

Intuía que todo era un truco fantasioso de mi hermana, para quien los celos eran la fuerza viva del amor. Mi hermana melliza desconfiaba de mi cariño y anteponía barreras y dolorosas pruebas para reafirmarlo.

Ansiando la completa indiferencia, quise poder permitir libremente la alianza entre ellos. De ese modo mi triunfo habría sido rotundo, pero era preciso detener mi angustia, pues mi inestabilidad exigía una pronta reparación.

Los celos se superponían al odio; el odio, al abandono; el rencor parecía un vigía que anunciaba el cataclismo de mi mente. El sufrimiento que invadía mis días hacía que temiera cada amanecer. Decidí, en el límite de mis fuerzas, intentar una ofensiva para aniquilar a mi hermana melliza: que se hiciera visible que había jugado su último juego conmigo.

En mis sueños volvían a aparecer esas dos formas amalgamadas que se trenzaban en un abrazo o en una lucha, debatiéndose en la calidez de las aguas. Hube de responder a la voracidad de esas imágenes y me preparé a enfrentarme a ella tal como un amante en su primera cita.

Repudiándome a mí mismo, engarcé todas las piezas de la escena. Grácil como una pantera y sensual como una cortesana oriental, borré al muchacho de su mente.

Me valí de una graciosa aunque insignificante muchacha sudaca que, sin entender lo que estaba haciendo, accedió a mi pedido. Con lentitud y suavidad realcé el recorrido de mis dedos mientras mis músculos me seguían, extraordinariamente sagaces.

No hubo final ni consumación, tan sólo el poderío de la muralla de piedra que brillaba con la fama del último sol del atardecer. No obstante, mi hermana sintió frío y tembló como si la envolviera la mitad de la noche.

María de Alava seguía estrechamente ligada a mi padre. De esa cercanía extrajo una serie de certezas y aptitudes. Se paseaba por la casa como única dueña, inspeccionando sus dominios. Su habilidad con el espacio era sorprendente y demostraba un admirable manejo con su cuerpo. Al borde del malabarismo, lograba unificarse con las cosas, atrayéndolas para su beneficio. Su estructura gruesa y más bien viril se contradecía con su cualidad equilibrista.

Yo me divertía mirando sus juegos y los ejercicios, que realizaba con gran solemnidad. Fingía estar al borde de un abismo o cruzando la línea de un incendio. Esquivando una peligrosa pantera desde lo alto de una roca, lograba sobrevivir y vencerla.

Su juego más frecuente era con aguas: infernales animales acuáticos querían devorarla, pero ella escapaba irrumpiendo hasta la superficie del oleaje redentor.

El mar, que no conocíamos, parecía obsesionar-la. Las embarcaciones la trasladaban directamente a la catástrofe. Frágiles embarcaciones destrozadas por la furia del mar la empujaban al naufragio. O fuertes embarcaciones de las que huía, perseguida por seres anormales a punto de sacrificarla. Creaba escenificaciones perfectas en las que fingía los arañazos de su cuerpo revolcándose en la arena.

Sus juegos concluían siempre de manera uní-voca. La figura de mi padre la trasladaba a tierra firme acunándola entre sus brazos. Encubría a mi padre bajo la forma de diversos seres heroicos –marineros, vigías, capitanes, gladiadores– que evidentemente lo encarnaban, pues el disfraz lo ocultaba sólo a medias. El pelo, un gesto o la conducta que estaba describiendo correspondían a su exacto pelo, gesto o hábito.

Claramente, María de Alava estaba actuando las hazañas diseñadas por mi padre. Su epopeya tocaba la muerte con una atracción significativa y casi suicida. Invariablemente, la muerte era vencida para una próxima y vívida escena. Mi hermana menor portaba la muerte anhelada por mi padre y eso la obligaba a reducirse a dos polos: el éxito o el fracaso, el bien o el mal, la vida o la muerte. Exactamente en esa pobreza convencional mi padre había arraigado en ella con mayor profundidad. Sólo en algunas ocasiones mostraba rasgos diferentes que coincidían con su enfrentamiento al núcleo femenino.

En su relación con mi madre y mi hermana melliza le era necesario impostar procedimientos cautelosos, pues le imponían una serie de obstáculos para cursar sus peticiones.

Mi madre la atormentaba con la comida apelando a su mediana robustez. Con ademanes histéricos la culpaba de una apetencia desmesurada que amenazaba conformar un cuerpo ridículo y vergonzante para la familia.

Mi hermana la escuchaba sin contradecirla y luchaba por reducir su cuota de alimentos sabiendo que la raíz de su problema no era la alimentación, sino el centro de su constitución ósea.

Pero el conflicto mayor se daba con mi hermana melliza, quien la acusaba ante mi madre de persecuciones, robos y mentiras. Se sucedían los castigos sobre ella, pero mi padre intercedía y la libraba. Desde luego, mi hermana no era del todo inocente por la hostilidad femenina. Su permisiva actitud era, sin duda, una forma elevada de agresión; además, ella no intentaba en ningún vértice ampliar a los demás el radio de su afecto.

El punto límite de las pasiones familiares se condensaba en su relación conmigo. Aunque no me otorgaba la categoría de héroe, me ubicaba en un lugar superior donde era necesaria la cercanía física. Sabiéndome solo, irrumpía en el interior de mi pieza para obsequiarme con un baile.

La danza era otra de sus aptitudes: una danza extrañamente intemporal, creada originalmente por los movimientos extremos de su cuerpo. La pasión por el baile afloraba con la belleza de lo eterno. Cercano y distante, agónico y vital, su cuerpo bailaba la historia del mundo; su rostro danzaba la hoguera de sus pies y parecía expulsar sus pensamientos para que bailaran y saciaran los contenidos.

Pocas veces he visto un espectáculo semejante y realizado según la plenitud de mis deseos. Cierto de nuestra soledad, yo bailaba con ella, dirigido y estimulado por ella, allí donde todo mi cuerpo se ponía al servicio de mis mejores percepciones y sueños. Parecido a lo sensual, estaba más allá de la sensualidad misma; semejante a lo irreal, portaba la realidad de todas las vidas humanas.

Buscábamos el tiempo y los designios que ya mi hermana menor había comprendido desde la infinitud de sus diez años. Por eso yo podía imitarla, adivinarla y crear para ella un símil. Se trataba de la vida y no de la muerte; o bien, la vida a pesar de la muerte, ondulando en nosotros como un homenaje a las raíces, a los héroes y a los mendigos. Un festejo a la adolorida miseria humana y a la incertidumbre de nuestro futuro.

Era un baile sagrado que miraba directo a la tierra, encarnado y posible sólo en la tierra que contenía la perfección de nuestros pies para que el cuerpo erguido pudiera trenzar el universo y rehacerlo.

Sin rehuir la naturaleza humana, nuestros cuerpos gesticulaban el odio y la envidia, la lujuria y la corrupción, con el mismo énfasis que el asombro ante el nacimiento de la especie. Mirándonos en nuestra capacidad de ser, íbamos desintegrándonos y renaciendo más allá y fuera de las palabras. Así lográbamos abordar esas horas sin horas.

Era nuestro secreto. Después de terminar la danza, María de Alava abandonaba la pieza cerrando cuidadosamente la puerta. Yo me tendía en el suelo recuperando mis miembros. Con la memoria perdida, el baile se replegaba hasta un rincón de mis huesos para reposar su grandeza y apaciguar su desgaste.

La ira de mi padre estallaba como la disolución final de una estrella quemada. Su autoridad contrariada golpeaba la casa dando alaridos y sumiéndonos en la angustia al constatar nosotros que lo unía a mi madre la vertiente del odio. No necesitábamos conocer las razones de su disputa ni tampoco quién de los dos había desencadenado el pleito. Ya nos eran suficientemente pavorosos los golpes a los enseres y el llanto histérico de mi madre deseándole la muerte e implorando la llegada de su propio fin.

Ambos buscaban las frases más hirientes, como si las palabras tuvieran un valor definitivo y material. En algunas ocasiones parecía que el disturbio por fin se había disuelto, pero de pronto seguían con violencia sus voces abriendo el depósito del rencor. La comedia familiar rodaba hecha trizas, y asomaba su real fragilidad. Comparecía ante nosotros una pareja hostil, agobiada por el nudo perpetuo, cuya esclavitud se encadenaba en sus materias filiales.

Incapaces de explicitar su resentimiento, se acusaban mutuamente de cancelar sus vidas encerrados en el catastrófico espacio familiar. Aunque mi madre era la más certera y encarnizada, finalmente optaba por rendirse, pues mi padre, invariablemente, anunciaba su intención de abandonar la casa. Ella se veía en el oprobio de la pérdida y del abandono. Imaginaba legiones de mujeres cargando con sus llorosos hijos a través de montes y pantanos. Veía manadas de huérfanos hambrientos, entregados a diversos tráficos carnales. Se ponía, ella misma, en la situación de una anciana reumática y desquiciada esperando la muerte en el asilo de las afueras de la ciudad. Suponía que su cuerpo maduro y soltero podía caer en el exceso del tacto y ser observada desde los ventanales de su pieza.

Mi madre cedía, pues pensaba que mi padre, fuera de la casa, se internaría por caminos felices, plagados de mujeres que le otorgarían gratuitamente sus favores: mi padre en el sendero del éxtasis y la burla a la antigua familia. Ella sólo rescataba para sí la tragedia cíclica de la degradación personal.

Aun así, mi madre estaba permanentemente buscando el enfrentamiento y jugando con su supuesta desventura. En algún lugar esperaba el desplome final y la desarticulación de la familia, pero cerca de la realidad se replegaba almacenando la tentación.

Para mi padre los disturbios no eran sino una parte constitutiva de su vida. Los consideraba útiles para mantener el equilibrio y recordarnos la extensión de su poder. Jamás pensó verdaderamente en abandonar la casa. Más aún, la sola idea le era insoportable, pues el afuera le generaba gran inseguridad. Aprensado contra las casas de la ciudad, surgía en él un desamparo infantil que lo hacía retroceder hasta su penoso desarrollo.

Al lado de mi madre había conseguido ahuyentar sus temores cumpliendo con sus designios genéticos. Las disputas, pues, le eran fundamentales porque así se cumplían sus anhelos bélicos, de los que salía no sólo indemne, sino también triunfante.

Más tarde logré adivinar la raíz del juego entre ellos. Pero por largo tiempo mi corazón debilitado medía los efectos devastadores con que la figura paterna castigaba a su rebaño.

A los trece años fui atacado brutalmente por una horda de jóvenes sudacas furibundos. Mientras caminaba hasta la fuente donde pasaba algunas horas observando la inquietud de las aguas, los vi a una cierta distancia. Pese a que abundaban por la ciudad, en esa ocasión el grupo que avanzaba hacia mí me produjo una relativa intranquilidad. Intenté desandar mis pasos y sortear a los muchachos internándome por calles paralelas, pero de inmediato me avergoncé por lo que consideré una cobardía.

La tarde estaba sombríamente helada. Me hundí entre mis ropas intentando convertirme en un bulto anónimo. Muy cerca, pude ver difusamente sus rostros. Todos ellos tenían algo en común por el modo en que manejaban las líneas de sus caras.

Pensé fugazmente que el parecido era como la arquitectura de la ciudad, que desorientaba al paseante: éste veía cómo las diferencias muy pronto se mimetizaban entre sí. Algo similar pasaba en la cara de esos jóvenes. Su raíz popular formaba un cuerpo único diseminado en distintos movimientos individuales. También era común en ellos, precisamente, la eficacia de sus movimientos, muy acentuados y en el límite de la provocación.

Cuando casi nos cruzábamos, sentí que me había alarmado tontamente; pero de pronto uno de ellos me tomó y me inmovilizó. Me vi rodeado de un número indeterminado de figuras que se me venían encima. El miedo me hizo sentirme en el centro de una pesadilla. La soledad reinante indicaba que no había ninguna posibilidad de auxilio; además, el pánico me impedía gritar e intentar la huida.

Los muchachos se reían y hablaban en un dialecto que no pude descifrar. Empujándome contra la pared, me propinaron golpes aislados y soportables. Mi cuerpo se balanceaba grotescamente, lo que aumentaba sus carcajadas. Aun sabiendo que estaba cometiendo el peor error de mi vida, ataqué al que dirigía el humillante acto.

Mi pierna se disparó contra él y alcanzó su cadera. Al tomarlo por sorpresa conseguí liberarme y empecé a dar golpes descontrolados. El grupo reaccionó de inmediato y me lanzó al suelo. El dolor empezó a superponerse. Los golpes implacables me arrastraron a una semiinconsciencia en la que perdí la distinción de mi cuerpo. La equidad entre mi cabeza y mi estómago alcanzaba, también, la planta de mis pies. Ni siquiera sentí correr la sangre desde la herida abierta en mi mandíbula.

En el fondo de mi mente aún seguía creciendo la ira. Sin saber cómo, logré erguirme y miré directo al muchacho al que antes había logrado golpear. Tambaleante, traté de acercarme mientras el grupo se cerraba en torno a él. Cada paso era un esfuerzo indescriptible. Completamente mareado, veía los cuerpos acercarse y alejarse. Poseído por una idea única, proseguí con mi intento. Mi brazo se levantó para atacarlo, pero trastabillé y caí al suelo. Una vez más conseguí levantarme, aferrado a la pierna del muchacho, que me miraba desde lo alto. Traté de llegar hasta él con un ritmo lento y desesperado. Mis ojos nublados habían retenido su figura y casi ciego me apoyé en él. El muchacho me recibió tenso, sin hacer el menor movimiento.

En el límite de mis fuerzas empecé de nuevo a desplomarme mientras mi cabeza me llevaba vertiginosamente a la oscuridad silenciosa de la nada.

Después me enteré de que me dejaron en la puerta de mi casa, apoyado contra el dintel. Al anochecer sentí el primer escalofrío recorriéndome la mandíbula. La profunda herida arrebataba la carne abierta y mordaz. Debí asistir a la formación

de mi primera cicatriz, que se acomodó al costado inferior de mi faz.

La violencia se dejó caer en plena noche. Mi hermana melliza irrumpió en mi pieza mientras dormía y me despertó remeciéndome. La débil luz la hizo aparecer como una visión, pero allí estaba su bella palidez descalza mirándome fijo.

Debíamos hablar, me dijo, por primera vez debíamos hablar en forma clara y solamente emocional. Debíamos, dijo, sacar del mutismo todo aquello que a menudo nos separaba y de lo cual éramos completamente inocentes. Me explicó que su silencio le era impuesto por mí, pues yo le ordenaba hábitos quebrantadores para su mente.

Sus palabras lograron impactarme. Me levanté de la cama y me senté a su lado. Estaba dispuesto a decirle todo. Más aún, me invadió una urgencia impostergable, pero un movimiento de sus manos me distrajo. En la penumbra vi que sus dedos afilados estaban cubiertos de tierra alrededor de las uñas. Seguí buscando la tierra y la encontré en sus pies manchados por toscas placas oscuras.

Mi hermana melliza había salido al exterior, desde donde algo o alguien la había llamado. Pude verla huyendo de su pieza; pude imaginar, también, su cuerpo cayendo en el jardín empujada por una figura claramente masculina.

Por un instante y a gran velocidad proyecté la escena oscuramente pasional. En ese instante interminable pensé huir o expulsarla de la pieza. Tomé su mano derecha y limpié la tierra, que parecía no querer desprenderse de sus uñas. Mi hermana, con gran nerviosismo, intentó en un primer momento retirarla, pero de inmediato me dejó hacer detrás de esa sonrisa suya que yo tan bien conocía y que me había ocasionado ya suficientes pesares.

Quería pensar, debía pensar el modo de separar mi vida. Ella quería arrastrarme hasta la enajenación suicida y donar al final mi cadáver. Me sentí mordido por ejércitos de hormigas que desfilaban por mi epidermis; me sentí, también, profundamente desdichado.

Removí la última partícula de tierra de su uña más pequeña y sólo entonces busqué sus ojos. Ella se levantó y quiso cursar su lujuria atentando contra su camisa de hilo. Mis ojos fueron hacia el piso para explicitar mi negativa. Una lejana campanada me sobresaltó. Iba a iniciarse el amanecer y vislumbré todos los campos preparándose para la luz. Vi la ciudad escondida que se aprestaba a horrorizarnos. Pude sentir el último sueño de mi madre, en el que se postraba a los pies de un hombre pidiéndole ser la primera elegida para el sacrificio. Más allá adiviné a María de Alava saltando de su cama para venir directamente hasta mi pieza.

Mi hermana melliza esperaba de pie la respuesta. Aunque quería hablar, algo más poderoso me detenía. Habló entonces del resbaloso lodo que rodeaba la casa. Dijo que cada noche sus sueños la empujaban al afuera. Sonreí. Reí después, abiertamente. Estaba viendo a mi madre en ella. Jugando a los celos había llegado hasta la tierra que tanto amamos en nuestra infancia, y la había usado para cegarme. Mi hermana sólo estaba jugando con tierra, como entonces, y desde ella se sublevaba por su prolongada abstinencia, por su dolorosa y profunda continencia.

Aunque vi su sufrimiento no pude ayudarla. Quería reírme del tiempo que incansablemente nos castigaba. Quise mirarla como a una muchacha, pero no había ninguna muchacha, salvo su existencia aferrada a la mía desde antes de ser, o desde el ser mismo. La compadecía tanto como yo me compadecía y también era implacable para sobrevivir a la barrera de la existencia.

Ella terminó bruscamente su comedia. Inundada por la paz, me confesó que había pasado tres noches de insomnio, tres noches desesperantes en las que no había podido dejar de pensar. A veces conseguía dormir apenas unos minutos, pero despertaba invadida por las imágenes fragmentadas de sus sueños bastardos. Casi no podía recordarlos, pero ciertas frases o palabras que lograba retener la impulsaban a desentrañar un sentido.

Dijo que había muchas palabras, frases y órdenes en sus cortos sueños, voces que hablaban desde una oscuridad absoluta, clamando por un difunto a quien ella no conocía o no podía recordar. Las imágenes, cubiertas por la oscuridad, sólo despuntaban atisbos de sombras que no podía recomponer en su prolongada vigilia. Dijo que quería dormir y que, sin embargo, el mundo del sueño la empujaba a permanecer despierta.

De pronto se hundía, se hundía completamente apaciguada. Era una caída plácida y necesaria en la que sentía que la mente perdía la batalla en contra de su cuerpo triunfante. Éste iba descendiendo hacia el descanso, pero entonces la mente lo pinchaba y él retornaba con un fuerte espasmo que lo hacía saltar en la cama.

Después de tres noches sin dormir, ya no sabía qué era verdadero y qué sufrimientos eran parte de su invención. Por algunos momentos pensaba que yo estaba a su lado como antes, y ese solo pensamiento le traía la certeza de que por fin iba a dormir. Con esa imagen pretendía engañar a esa parte suya que se le había vuelto en contra, pero su fracción sublevada le exigía tender su mano para buscarme entre las ropas desordenadas.

Sus músculos palpitaban hastiados por la extrema tensión, los ojos le dolían como si tuvieran arena lacerándole las córneas y la sed crecía más allá del agua inversamente líquida. Creía ver guerreros incrustados en las paredes, con horribles tajos sangrando a través de las armaduras. Creyó que aves de rapiña revoloteaban a su alrededor esperando que la sed la derrumbara.

Para ahuyentar a esos seres acudía a la luz. La claridad la lanzaba a una sensación insoportable. Terriblemente presente, podía verse en la pieza aprisionada entre el absurdo de los objetos y, con una soledad que no podía resistir, sufría allí el vicio de la vida. Prefería retornar a la oscuridad, en la que, al menos, podía generar a un otro, aun para escarnecerla.

Sus oídos también se habían trastornado. La casa crujía y parecía que las paredes estaban a punto de desplomarse encima de ella.

Sentía que las paredes contenían una forma de humanidad perversa que su estado sorprendentemente lúcido había descifrado. Oía pasos, quejidos, oí gemir a los objetos y reírse a la techumbre, oía murmullos en la pieza de mis padres, palabras que proclamaban la realización de una escena indecente. Podía oír nítidamente los huesos chocando, rodilla contra rodilla, y el cráneo de mi madre, recalentado, resonando la expansión ósea.

Escuchaba a María de Alava hablando en sueños con una ingenuidad que la había maravillado. Su voz melodiosa parecía cantar tenuemente una historia de bondad donde los seres humanos sacaban lo mejor de sí mismos para donarlo a la tristeza de la piedra. Las voces de los sueños de María de Alava le demostraban que su propio ser estaba arrasado por heridas cortantes y perpetuas. Pensó que nuestra hermana menor soñaba así para aumentar su martirio y quiso huir del bien que siempre la esquivaba.

Esa tercera noche, la misma en que se apareció en mi pieza, marcó la culminación de lo que podía soportar. Superponiendo murmullos, gemidos e imágenes buscó el exterior. Con un sigilo inusitado, recorrió la casa y abrió la puerta, que cedió mansamente y en silencio.

Vio el exterior cantar inmensamente poderoso, recibiendo su figura para fusionarla con la vitalidad de la tierra. Sin embargo, entendió que no había nada natural, sino que la tierra misma estaba construyendo el artificio de un espectáculo.

Le parecía que la noche la iba despersonalizando y la tranquilizaba retirándole la vaguedad de sus sentidos. Pensó que la familia quedaba atrás, junto a toda la especie humana, mientras ella vivía un exterior ilimitado donde era posible deshacer todas las pasiones.

Quiso probar la consistencia de su descubrimiento y, sin comprender cabalmente lo que hacía, empezó a buscar gusanos que habitaban debajo de la primera capa de tierra. Los desenterró larvarios y húmedos. Se resbalaban por sus manos y fue consciente de que había vencido su pavor a la muerte. Cada gusano era la transformación invertida de su cuerpo, que algún día llegaría a ese estado inferior haciendo retroceder ejemplarmente la especie.

La piedad fue su fiesta nocturna: piedad por el gusano, piedad por la cuenca de sus ojos y piedad para su esqueleto, que crecía sordo y altanero, seguro de que la carne lo acompañaría para siempre.

Dijo no saber cuántas horas estuvo escarbando bajo la tierra. De pronto sintió que todo había terminado y que debía acudir a mi cuarto para despejar la otra incógnita. Ya había descifrado el sentido de su origen, cuya clave, le parecía, descansaba en mí, y no en mis padres.

Pensó que consumarnos en uno podía traer a la memoria el impacto real del origen y el instante único e irrepetible en que el organismo decidió la gestación. Yo había sido testigo de su emergencia a la vida y, por ello, sólo en mí descansaba la respuesta.

Dijo que cuando se me puso al frente supo que yo no iba a descerrajar la compuerta. Me dijo que había leído en mi cabeza la caída hacia un acto vulgarmente genital; leyó los celos, la vergüenza y el miedo, y se compadeció por mi limitada mente.

Llegó a afirmar, con una seguridad que no le conocía, que estaba cansada de nutrirme, puesto que yo, consumido en un error sostenido durante demasiado tiempo, la confundía con mi madre y traspasaba no sólo su parte láctea, sino, además, su limitado e inestable ser. Repitió que estaba cansada de nutrir mi vida y de ir limpiando cada espejismo que el desierto de mi mente fabricaba.

Aunque pude haberla retenido, le permití avanzar hacia la salida. Durante algunos minutos me quedé inmóvil, cediendo al dolor. Ya había aparecido la primera hora del día, aún espesamente gris.

Sin medir mis pasos ni esperar el silencio, salí de mi pieza y me dirigí directamente a la suya. No sé qué realidad alcanzó su arrepentimiento ni la calidad salobre de sus lágrimas. Sólo me importaban sus palabras negando todo lo que había dicho y maldiciendo el insomnio que la había alterado haciéndole creer que yo era su enemigo.

Mi madre precipitó el encierro. Desplomó el universo, confundió el curso de las aguas, desenterró ruinas milenarias y atrajo cantos de guerra y podredumbre. Mi madre cometió adulterio.

El adulterio de mi madre derribó con un empujón brutal a toda la familia. El intenso dolor de mi padre ante la actividad en el sexo de mi madre nos llevó desde el asombro hasta una vergüenza más crítica que todas las anteriores.

Esa vez un conquistador de carne y hueso había forzado la entrada, y mi madre se entregó con él a la lujuria bajo el techo de la casa, en la frontera de la ciudad y en una habitación sórdida en la que alternaba sus citas.

La ciudad se reía de mi padre y él la miraba estremecerse, sin entender el origen de su burla. La ciudad también se reía de nosotros.

Mi padre se enteró, aún más allá de su propia voluntad. Perseguido por las murmuraciones, debió afrontarlas y sus pasos siguieron a mi madre hasta el lugar exacto de su última cita. Irrumpió en la tosca pieza que los amparaba y, de una sola ojeada, pudo recomponer cada una de las escenas de las cuales él quedaba excluido.

Creyó que el vómito lo aliviaría y que, después, todo habría terminado. Cuando vio los restos sobre la cama resbalando hasta el piso, percibió que apenas cruzaba el umbral hacia una pesadilla.

Imaginó la desnudez de mi madre exigiendo la plenitud al otro cuerpo. Ese pensamiento visual le originó un chorro de orina que escurrió tibiamente, irrigando sus piernas. Exudó lágrimas y sudor, frío y espanto, mientras una parte de él moría definitivamente en medio del espasmo de la dolorosa herida moral.

Sintió que las carcajadas de la ciudad salían de las bocas de sus padres muertos, que se reían del honor. El sonido de su vieja madre olvidada cruzaba todas las eras y llegaba hasta la pieza para impugnar el festín de las mujeres que la habían apartado del mundo.

Mi madre lo miraba aterrada. Le parecía como si una nación entera estuviera a punto de desaparecer. Casi no se reconocía y, ahora, frente a mi padre y de espaldas a su amante, sintió que el amor y el miedo la inundaban. Quiso arrodillarse, pero le faltaba la fuerza para realizar cualquier movimiento. Pensó en la súplica, pero no pudo encontrar las palabras que hablaran de sus culpas.

Lo más abismante fue la fuerza del deseo que la invadió: imaginaba que mi padre la tomaba violentamente sobre la cama mojada y la poseía bajo los ojos del antiguo y ya olvidado amante. La profundidad de la pasión que la estaba invadiendo le otorgó un matiz que ni mi padre ni el conquistador habían visto jamás.

Por un instante ambos la miraron extasiados, sintiéndola ajena y desconocida. Semejaba una renombrada meretriz y, a la vez, una novicia con la cabeza rapada a punto de internarse en el claustro. Parecía también una alienada recibiendo una golpiza para ser apaciguada. Era casi una mendiga a quien se le entregaba, inexplicablemente, una moneda de oro por limosna. Su expresión se topaba con el éxtasis que sólo es posible presenciar una vez en la vida. Por eso ninguno de los hombres podía apartar sus ojos de ella, a pesar de que la situación que los había convocado no tenía relación alguna con la apariencia que mi madre estaba adoptando.

Mi madre había entrado en un estado absolutamente profano y misterioso al descubrir el orden exacto de su deseo. Haberlo vislumbrado la hacía sentir como si en realidad lo estuviera consumando.

Mi padre la poseía de un modo perfecto, con la perfección del dolor y la fuerza de los celos, ante la mirada humillada del amante pétreamente cosificado. Allí dejaba ella ascender su cara impulsada por los latidos de su cerebro iluminado como el espacio, sustentado en los huesos roídos de la especie humana.

Se creyó acompañada por la voz desgarrada y atómica de una mujer negra que le abría las piernas para llevarla al final con un himno marginal y solemne.

Entendió que el placer era una combinatoria de infinidad de desperdicios y excedentes evacuados por el desamparo del mundo; entonces pudo honrar a los desposeídos de la tierra, gestantes del vicio, culpables del crimen, actuantes de la lujuria.

La cara de mi madre seguía ascendiendo en un viaje fijamente cósmico y personal. Mi padre y el amante pudieron observar, sobrecogidos, el clímax crispado en cada milímetro de su rostro.

Mi madre se dejó caer extenuada y durante algunos segundos pareció desvanecerse. Mi padre la levantó y la sacó de la pieza hacia el frío exterior.

Caminaron por la ciudad, cada uno ensimismado en sus pensamientos y emociones. En un momento mi madre intentó acercarse, pero él rechazó el contacto adelantándose levemente. Ella lo siguió resignada, tratando de adivinar no solamente las siguientes horas, sino la realidad de su prolongado futuro.

Mi padre caminaba sumergido en diversas impresiones. Algo de él ya había olvidado lo ocurrido. Especialmente al mirarla de reojo, le parecía imposible el cauce de su conducta y, al mismo tiempo, sentía que su orgullo quería aniquilarla hasta la muerte.

Le parecía no conocerla y su curiosidad quería descubrir cada pensamiento, cada sensación; lo atormentaba la urgencia de que ella le hiciera un relato nuevo y completo de su vida. Un relato reprobable y sincero. Quería agotarla y, después de saciarse, tirarla a las calles de la ciudad para que la acabaran el frío, la infección y el hambre.

Sentía, sin embargo, que no iba a abandonarla, pues esperaba, en el tiempo que le restara de vida, borrar lo sucedido. Así pudo atisbar que a ambos les había tocado el privilegio de descender pausadamente uno a uno los escalones del infierno.

Decidimos el encierro para cubrir las vergüenzas y la carga de las humillaciones. Carcomido por ese encierro a lo largo de los años, tomé distancia con los habitantes de mi casa, que se travestían incesantemente para disolver la perversidad de sus naturalezas. Mi hermana melliza adoptó la forma de la indigencia, caída, al igual que los otros, en el vértigo de la simulación.

En ese tiempo atroz e inaugural, la familia se permitió todos los excesos, salvo la penumbra, que a mi hermana melliza la horrorizaba. Mantuvimos vigentes neones, candelas y fluorescentes para espantar la oscuridad que podía arrastrarnos a prácticas solitarias censuradas por el orden. En la gran habitación común redujimos los alimentos: María de Alava los repartía con su acostumbrada pulcritud. Permanecíamos frecuentemente ovillados y apoyados en los muros para evadir una definitiva masacre mental. Sentíamos que la dimensión del delito se había acentuado hasta formar una gruesa capa intangible que nos volvía cada vez más inestables.

Casi no cruzábamos palabra, saturados por el sonido metálico de la voz de mi padre, quien no cesaba de fustigar su orgullo.

La vergüenza de mi madre se había adherido a su piel cetrina y supurante. Nuestros rasgos, alarmados, empezaron a gesticular la condición única del pánico. Sintiéndome incrustado en un tiempo crítico, acepté hacer depositaria de mi confesión a mi hermana melliza.

II
TENGO LA MANO
TERRIBLEMENTE AGARROTADA

Mi hermano mellizo adoptó el nombre de María Chipia y se travistió de virgen. Como una virgen me anunció la escena del parto. Me la anunció. Me la anunció. La proclamó.

Ocurrió una extraña fecundación en la pieza cuando el resto seminal escurrió fuera del borde y sentí como un látigo el desecho.

«¡Oh, no!, ¡oh, no!», dijimos a coro al percibir la catástrofe que se avecinaba. Evolucionábamos hacia un compromiso híbrido, antiguo y asfixiante que nos sumergió en una inclemente duda.

Decidí entregar a María de Alava la custodia del niño que acabábamos de gestar. Lo decidí en ese mismo instante original como ofrenda y perdón para las culpas familiares.

(El niño venía ya horriblemente herido.)

María de Alava, que había presenciado toda la escena, hizo un canto mímico que alababa nuestra unión y dijo: «La familia sudaca necesita mi ayuda. Este niño sudaca necesitará más que nadie mi ayuda».

El acto quedó sellado. Para entenderlo era preciso repetirlo hasta borrarlo. Pisoteando a esa virgen suya que llamaba el mal, que significaba el mal, María Chipia se dobló en el suelo y su boca mordió el polvo. Desnudo, como hijo de Dios. Me debatí en la mancha de sangre. Iracunda, como hija de Dios.

(El niño venía en la paz cetrina de su mal semblante.) Me incliné para excusarme por mi sexualidad terrestre. María Chipia y María de Alava apelaron al erotismo de las masas. Yo, una de ellos, caí en laxitud después de la lujuria, sin forma ni cuerpo y con una espantosa fractura moral.

–¡Qué hicieron! ¡Qué hicieron!

La voz de mi padre atronó en la pieza cruel.

Nosotros temblamos, temblamos horrorizados.
Mi padre, anciano y despiadado, culpó, clamó, renegó de mi madre. Mi madre, ya anciana y obscena, se dobległó ante él reconociendo que su odio era sagrado, y su cuerpo supurante esgrimió un gesto de menosprecio hacia nuestras figuras evacuadas por la pasión y traspasadas por el antiguo adulterio materno.

Vimos que la virilidad seguía aparentemente correcta e igualmente dañina. Como mellizos que descendíamos, estábamos gestando nuestra propia prole autista en la cerrazón familiar. Una prole somáticamente pareada con unos cromosomas estrechamente emparentados. Como nunca. María Chipia ya no era el muchacho glorioso de antaño. Ni soberbio ni equívoco. Yacía de cara a mis padres, acusándome de contagiarle un rencor orgánico y venéreo. María Chipia empezó a convulsionarse por los efectos de un inminente ataque epiléptico, los grumos formándose en sus comisuras. María de Alava y yo, sin asistirlo, inclinamos la cerviz. La cólera de mi padre terminó de rajar mi tela.

(Supe que el niño venía con el cráneo hundido.)

Torcí la cabeza hacia María Chipia, quien, copiando a mi padre, apenas podía decir en medio de sus convulsiones:

—¡Qué hicimos! ¡Qué hicimos!

Mi madre paseaba ante nuestras cabezas bajas estilando un incesante hilo de sangre que la acompañaba desde el adulterio. Mi padre le ordenó que abandonaran el recinto. Me compadecí por sus figuras ya penosas.

María Chipia, pasándose las manos por la boca, dijo:

—Quiero que María de Alava me baile un homenaje.

María Chipia y yo sabemos que hemos nacido por una mala maniobra de Dios. Sin cansarse, repite obsesivamente «soy un digno sudaca, soy un digno sudaca», mientras las sílabas se trizan contra los muros de contención de la casa. Su mirada diurna brilla desde sus ojos maquillados. Su mirada nocturna en agonía. Me nombra y me atrae contra su pecho desnudo pidiéndome nuevos contenidos, otras poses; me pide revisar la posibilidad de lo obsceno. Su pecho desnudo se toca con el mío y en la distancia pulsa su genital y habla de deseo.

Me posee toda la noche. María Chipia me posee toda la noche mientras mis padres, trepados por las ventanas, nos observan entre los resquicios. Difícil, difícil hacerlo bajo sus miradas, pero una y otra vez nos encontramos en un plano aterradoramente personal.

María de Alava me ordena que describa el acto. Le obedezco franqueando la inutilidad de mi lengua. Dejo por escrito mis argumentos y María Chipia dibuja la posición de mis padres.

La vergüenza de mi madre nos rodea envolviéndonos en una estela profusamente azul.

María de Alava me pide una vez más que describa el acto:

—María Chipia me ha poseído toda la noche.

—¿Ante la mirada de mis padres?

—Sí, en el centro de sus pupilas.

María Chipia, traspasado por palpitaciones, no deja de poseerme; su alma errante tapa los agujeros de la mirada de mis padres, quienes estrellan sus cabezas contra los dinteles de las ventanas.

A oscuras jugamos a los mellizos en la noche. Un juego íntimo, húmedo y lleno de secreciones. Extenuados, logramos al amanecer que el niño perfile nítidamente su sexo.

María Chipia me pide que viole mi secreto. Destrozo mi secreto y digo:

—Quiero hacer una obra sudaca terrible y molesta.

Me moví fecunda. Que sí. Que sí. Fecunda.

María Chipia no cesaba de llorar. María de Alava, muy gorda, más envidiosa, más lívida. Sentada en el taburete esperaba la explosión familiar y el olvido para nuestras culpas. Intenté bloquearme y leer para partera, emití la imagen de un peligroso bisturí, aluciné palqui.

Una voz me traspasaba la cabeza. Una voz incrustada en el trágico vacío neuronal adivinando el momento del parto ya incrustado en el lóbulo izquierdo e inminente. La voz insultaba la abertura genital.

Difusa, diversa, estupefacta, me acerqué a la figura doblada de María de Alava y le supliqué una sesión más tarde, más tarde, le dije, una audiencia preliminar para diluir las culpas.

Doblada, asintió:

–Más tarde.

María Chipia, mi hermano mellizo, escuchó la cita excluyente y, por su debilidad fisiológica, hizo una neurosis, imitó una psicosis perfecta. Realizó a continuación una bella escena ritual en la que se tornó rubio, árido.

El pelo le caía hombro abajo, sus ojos se torcían en las cuencas. Su cabeza casi le estallaba (hacía dos noches que no dormía). María Chipia bailaba, bailaba, iba dejando atrás sus sentimientos, y sus mejillas lentamente se encendían adquiriendo un afectado rojo artificial.

Desde afuera nuestros padres nos insultaban. Se venían en picada contra nosotros. María Chipia hizo un último cuadro afásico. Casi afásico. Fue cumbre y doloroso su rictus sin lograr modular la complejidad de su nombre. Su alto índice de teatralidad afluyó a un esquema perfecto y silencioso.

María de Alava y yo lo dejamos a solas gozando de su magnitud. Antes de salir, María Chipia me murmuró al oído que el niño nacería malformado.

María de Alava recibió mi confesión. Yo estaba extremadamente cansada y me incliné con la cabeza gacha.

Ella permanecía recta, lívida, impávida y falaz.

–María de Alava –le dije–, expulsa tu sordidez y atiende a mi pedido. Ponte en mi lugar degradado e inútil.

Permanecía impasible, absorta, ajena y enemiga.

–María de Alava –le dije–, ha sido nuestra mala conducta sudaca la que ha precipitado esta espantosa catástrofe.

Se llevó el índice a la boca, se mojó los labios con la lengua. Escupió saliva sobre el taburete.

–No es posible ninguna salida –dijo–. Acude a refugiarte en mi hermano.

–No lo nombres, que es en mí la obsesión y el miedo.

–Deberán enfrentar mi mejor combate –dijo–. Conquistaré en mi cuerpo interior el de ustedes.

—Estás traspasada por la necesidad –le dije–. Yo quiero ahuyentar mi urgencia.

—¿Reniegas de tu vientre hinchado? –preguntó.

María de Alava me miró con su inquisición. Le relaté el instante de la terrible rajadura y mi asombro ante la sangre que corría. Dije que incluso ahí no pude librarme de mi propensión al sueño. Dije, también, que mi preñez necesitaba un nuevo halo neónico que me destacara.

Forjó la barra para mí.

María de Alava me dio un presente. Un círculo azul y brillante que hacía juego con mis aretes, con mi peinado, con mi estropeada cara, que se ahuecaba por cada uno de los movimientos musculares del engendro.

Le hablé. Hablé de mí, del cuerpo lacerado de mi madre, que se destruía por la continencia. Celebré lo inevitable de nuestro pecado capital. Pensé que la hoguera me cercaba, pero logré alejarla y terminé por relatarle las exactas aberturas de mi genital empañado y firme.

Hablé a María de Alava sencillamente, sin miedo.

–Mi madre está cubierta de heridas personales.

–Repite –dijo.

–Aún el adulterio está metido en su cabeza.

Mi cuerpo orgánico me dolía, mi alma orgánica también se quejaba ante ella, poseída por el maleficio de la fecundación.

Me dolían, me dolían los dos organismos.

La turbación se extendió por la pieza. La turbación creó una espesa capa entre nosotras. Nuestras caras macilentas, desencajadas, no se atisbaban con nitidez. La turbación operaba finamente como un láser. Mi hermano mellizo me turbó, su exasperante calma. Supimos que se avecinaba el momento de la confesión. Lo supimos al unísono e intentamos retardarla. Estábamos traspasadas por el agotamiento.

María de Alava, medio ciega, se aprestó. Yo, al frente y miserable, jerarquicé el orden de mis corrupciones. En mi pupila medio cerrada todavía bailaba María Chipia y me provocaba un desastre psíquico intenso. Mientras bailaba, el dolor erraba por todo el ojo con la danza.

Incluso así, me dispuse:

–Debo olvidar el baile.

Sentía la figura bailar en mi interior, tentándome. La confesión perdía validez.

–Pero aún debo disminuir la vergüenza de mi madre –proseguí.

(Proseguí con una desconcertante lucidez.)

–Ahora la familia está tocada por la abulia. Todas mis voces me ordenan profundizar el descontento, este descontento sudaca, rojo y ávido de sangre.

María de Alava se irguió levantándose del taburete (el taburete apenas contenía su gordura). Se manifestó preparada para el día siguiente. Alucinada por la espera, debí apuntalar el cuerpo de mi madre. Su cuerpo vivo y sublevado.

Cerca del amanecer, mi madre, apegada a mi costado, murmuró:

–Es de nácar. El hilo traspasa mi calzón de seda.

Presentí a mis hermanos moviéndose sigilosos por la casa para encontrar un sitio oportuno, arrastrando con ellos la fuerza de la anarquía. Cuando oí el roce de sus cuerpos, me quedé.

Me quedé atenta para cargar con sus culpas, con las mías, para transportar la antigua y degradada humanidad sudaca sobre mi nuca. Cayendo. Cayendo explosionada.

María de Alava obtuvo esa noche un terror nocturno y material. María Chipia estuvo toda la noche al borde del placer, poseso de calambres, cruzado por movimientos inarmónicos, esperando el debate de su terrible antagonismo, aferrado a sí mismo como si fuera a eludirse.

Mi madre, pidiendo clemencia, paz para la familia. Mi padre, atacado de insomnio, habló emitiendo alarmantes Juicios. *Ancianos abstractos*, los llama María de Alava, pero nos aman, nos aman con la misma intensidad de antes de la caída.

–¿Cuándo? ¿Cuándo caímos?

Osé preguntar a María de Alava, pero ella me silenció desde la otra pieza. Mi madre se aprovechó de mi confusión y debí seguir apuntalándola con mis huesos forzados hacia la posición más impertinente de mi organismo. Como en cepo toda la noche.

Vi amanecer tullida y ya impersonal. María de Alava se presentó; en sus brazos aún mugía la presencia del cilicio que le imponía María Chipia cada vez que la tocaba. La tocaba. Yo, martirizada, cargando con mi madre para que ellos abominaran lo aberrante.

Caí en un estado de somnolencia contagiosa. Mi madre, rasguñando mi espalda, dijo:

–Divino. Divino. El ego maltrecho de María Chipia. La herida ranural de las mujeres.

–Te ves imponente. María de Alava –le dije.

–No me halagas –contestó–, no me produces un atisbo de placer.

Mi forma maníaca despertó un hambre desatada en María de Alava: empezó a morder pequeños tallos, trozos de pan. Se comía las uñas; palidecía en su apetito.

La luz entró súbitamente. La virulencia blanquecina provocó una erupción en María de Alava, quien se revolvió en su butaca.

Me sentí confesionaria por la luz y me impulsé a nuevas revelaciones:

–Hemos hecho cosas terribles y molestas.

Mi hermana se burló y, convulsa en carcajadas, dijo:

–Nada es suficiente para el estigma sudaca. Mira la frente hundida de mi padre. En estos años mi madre no ha dejado de sangrar.

–María de Alava –le dije–, es urgente que me ayudes a descifrar la última visión que he tenido.

Una visión aterradora, burlesca y amenazante para el niño.

Mi hermana ocultó su cara entre las manos y dijo que un homenaje nos podría liberar definitivamente de la nación más poderosa del mundo, que nos había lanzado el maleficio. Pensó levantar un lienzo en el frontis de la casa, con rayados fosforescentes. Dijo que la nación más poderosa cambiaba de nombre cada siglo y resurgía con una nueva vestidura. Afirmó que únicamente la fraternidad podía poner en crisis a esa nación.

Pensé en la necesidad de un homenaje. Un homenaje simple y popular. Habríamos de responder a la nación más poderosa del mundo.

María Chipia no deja de buscarme, y yo espero de él un gesto de amor, un toque de amor, un alarido de amor. No hay lugar ya para nosotros y, como última salida, me pide que le cante.

Me pide que le cante la canción más obscena que jamás se hubiera compuesto. Me lo pide intensamente sonrojado y encuclillado en el vértice de la habitación. Me presenta frontal su cara dorada de maquillaje, esperando competir con las estrellas neónicas que titilan su esplendor.

Mientras aúlla y se retuerce, me pide que lo sacie y actúe de acuerdo con nuestra indisoluble fraternidad, plasmada en la canción de amor más devastadora de todos los tiempos. Aúlla y se retuerce para huir de la vergüenza y de la caída de nuestra familia. Pienso darle un canto senil. Un canto terriblemente senil y cansado, para despejar las incógnitas que nos acechan como un afilado cuchillo desde la oscuridad de las aguas fetales.

Le confieso mi inclinación por el vicio y me abro como una viciosa que hubiera contenido sus apetitos demasiado tiempo. Abierta, espero que mis dientes se separen de mis encías para que él pueda enfrentarse a mi amenazante calavera. Lo lamo como a un niño gestándose en el interior de una madre desharrapada y desnutrida.

Me maldigo y maldigo mi canto azotándome igual que una ramera que hubiera pasado la noche en una celda de hombres condenados a muerte.

Sabia como lo antiguo y procaz como lo presente, deseo que se incrusten en mi canto todas mis noches de insomnio y los gusanos que devoran mi cerebro. Quiero incrustar mi cabeza en mi canto.

(Canto, también, por el niño que ya sufre un proceso irreversible.)

Por fin se encuentran las zonas más tormentosas de nuestros cuerpos, en medio de un escindido temblor genital. El canto paraliza por algunas horas el desprecio hacia nuestra raza sudaca.

Estamos salvajemente preparados para la extinción. Un pequeño e iluminado grupo familiar maldito. María de Alava, poseída por la obsesión, me ordena que me incline.

—Ya no será posible mi confesión de rodillas —le digo—, estoy permanentemente expuesta a la náusea. Mirarte desde el suelo me asquea.

—No dilates, no divagues. Examinemos el último artículo.

—Soy culpable, María de Alava. Yo misma clamé el delito. Fue mi goce profundo el que impidió detener el arqueo de mi cuerpo.

María de Alava apunta. Anota los cargos que resultan excesivos para una sola muerte. Si yo me extingo, María de Alava ahogará al niño. Quedará libre. Pero nuestra casa está sitiada por la avaricia de la nación más poderosa del mundo y ella tampoco pervivirá.

(En mi vientre el niño está sufriendo convulsiones.)

Mi padre gime en la otra pieza. Gime por la vergüenza de mi madre.

–Mi padre se ha convertido en un insoportable voyerista –digo.

Le cuento mi último sueño. Un sueño con figuras despegadas. Le digo que penosamente, en mi sueño, logré figurar una mano, pero las uñas saltaron de los dedos y los dedos desaparecieron mutilados de la palma. Me explicó que era un sueño en que aparecía mi terquedad y, antes de retirarse, dijo:

–Tienes que aprender que el goce es siempre purulento, y el pensamiento, guerrero, bacanal.

A María Chipia. Bello. Bello y fraterno.

Soy víctima de un turbulento complot político en contra de nuestra raza. Persiguen aislarnos con la fuerza del desprecio. Ahora mi madre duerme sobre mí, agotada después de haber realizado el homenaje a la nación más poderosa del mundo. Ella piensa que mi padre está coludido con esa nación y que nosotros somos la carroña. Me ha confesado que su devoción por el placer ha abierto las puertas a este desastre que conjuga casi todas las plagas. Piensa que el niño es una plaga y que su llegada producirá un efecto atemporal, el justo efecto que mi padre espera para destruirla. Siente que María de Alava está coludida con mi padre. (Mi madre no gusta de María de Alava.)

Mi madre, que se ha pegado a mi lomo, me ha dicho en secreto que mi hermana incita carnalmente a mi padre, y de eso quiero hablarte en realidad. Cuando mi madre afirmó que jugaban el juego completo, sentí que no te perdonaría, ya que entendí que tú formabas parte del complot. La otra tarde te sorprendí mirando extasiado por el hueco de la ventana y, cuando te pregunté qué estabas mirando, me contestaste, mintiendo, que medías la densidad de la luz. No te perdono, pues aún temes a mi anciano padre, que no ha derrotado a su virilidad. Tú aún temes la suavidad de la seda. Temes a mi hermana y a mi madre, y parece que la multiplicidad de tus sueños te acercara a la nación más famosa y poderosa del mundo.

Pero yo, que leo y traduzco cada movimiento en la genitalidad de la familia, sabía exactamente cuándo los miembros hablaban de posesión. María de Alava no hizo sino responder a las súplicas enfermizas de mi madre, que se condolía por su mezquindad.

Sólo tú retardaste nuestro encuentro. Porque tú eres yo misma, conozco cada uno de tus conocimientos por muy distantes que nos encontremos, pues ambos sabemos la forma única de frenar nuestra extinción y la humillación de nuestra raza.

Esto me ha cansado mucho y me provoca un permanente sobresalto. Ahora mismo mi madre está profundamente dormida con su lomo pegado al mío. Más tarde, cerca del amanecer, acudiré contigo para que calmes mi mente. Cuando la luz lo ilumine todo y mi madre se despierte, yo alcanzaré a volver a su lado y ella no estará segura de lo acontecido entre nosotros.

María Chipia se arrastra buscando una moneda para abandonar la casa. Escarba desesperado por los rincones insistiendo a gritos en la realidad del metal.

Su última seda raída lo hace parecer un mendicante histérico, convulso por el fracaso. Revienta con las uñas cada insecto parapetado en los orificios. Sus dedos, llenos de restos, logran conmoverme por un instante.

Me acerco para lamerlo y sus dedos entran por mi garganta provocándome una seria arcada. El niño, alarmado, me marca con un extraño movimiento.

–Estarás para el nacimiento –digo–. Tú te quedarás hasta el nacimiento.

Involucrado en su constante cobardía, me golpea acusándome de una maligna retención. Retrocedo lejos de su puño y grito un grito cuidadosamente elaborado:

–Te quedarás, sin embargo.

Sigue escarbando el sustento de su huida, más agobiado que antes, y yo miro desde lo alto su figura, que voluntariamente se acopla al patetismo.

–Abandonaré la casa –murmura–. Te abandonaré –dice. Aferro en mi mano la única moneda de la casa, la moneda que logré capturar camuflada en la pierna de mi padre, y veo en forma nítida mi propia salida.

Me quedo observando su inútil intento, fascinada por el movimiento de su cuerpo, que se tensa hasta el límite. Sus músculos saltan, levantando la piel en medio de la abertura de la seda. Sus muslos y el talón se aprietan de ansiedad por la moneda.

Finalmente se deja caer en el suelo y en sus ojos se dibuja el odio cóncavo a mi vientre. Le ofrezco mi deformidad acudiendo a un gesto mínimo, pero que él traduce fácilmente. Mi gesto lo invita a compartir mi holgura.

Se acerca y su mano me roza, sus ojos lloran y el maquillaje se desbarata. Toco su frente afiebrada y, al tocarlo, mi mano se aproxima tanto a su cerebro que el desorden de sus pensamientos me empuja a dar un paso atrás.

–Abandonaré la casa –digo–. Después del nacimiento abandonaré la casa.

La moneda me hiere la palma, me fisura levemente el alma.

Estamos descansando tendidos de costado sobre el suelo. María Chipia me habla de los beneficios de la muerte y de la importancia del sacrificio. Describe la nación más famosa y poderosa del mundo como una fosforescente calavera que nos lanza finos y casi imperceptibles rayos. Dice haberlos visto a través de las ventanas, entrando en la ciudad. Afirma que fuera se está abriendo un espacio de muerte. Me invita a abandonar la casa para dirigirnos a ocupar nuestro espacio de muerte.

Le hablo, otra vez, del poder de la fraternidad sudaca y de cómo nuestro poder podría destruir esa nación de muerte. Le hablo del niño. Le detallo mis últimos presentimientos. Le digo que necesito descansar, pues el niño también quiere abandonarme. Empiezo a despreciar la docilidad de mis genitales.

Mientras María Chipia dormita a mi lado, sigo fielmente el trazado del niño, quien acaba de descifrar el camino del laberinto. Siento sus movimientos, cabeza abajo, y el cierre de mis piernas no aminora mi terror.

Ahora que el niño quiere abandonarme, sé que me resta apenas la insistencia del cuerpo de María Chipia, que huye de mí, como yo de mí misma, persiguiéndolo por terror a perseguirme y deshacerme en la hostilidad oscura de mi ser.

Me siento cercada por cuerpos prófugos, por pedazos de cuerpos prófugos que antagonizan la cárcel del origen. Me siento herida por cuerpos que han capitulado las condiciones de su derrota. Me siento indigna de tener un cuerpo.

Serenamente me levanto del piso y busco a María de Alava. La encuentro mirándose los pies de manera extrañamente fija. Sabiendo que me he acercado, dice:

–Un baile, es necesario que haga un baile en homenaje. El niño, que escucha y trafica en mi contra, se mueve en mi interior con una armonía sorprendente. Pienso en el maíz, en el trigo, en los sauzales. Bailamos los tres hasta el amanecer.

Entramos en la estación más fría de los últimos años y el frío nos ataca con una ferocidad que evoca las peores agresiones. Con el frío se desencadena en mí un sopor peligrosamente insano. Sólo el niño realiza, levemente, algunos movimientos entumidos. María Chipia, azuloso, me dice que ha preparado un discurso que nos mantendrá atentos. Sé que ha preparado un discurso que le permita abandonar la casa, pero soy incapaz de desenmascarar sus deseos. María de Alava hace un ademán de desagrado; mis padres, demasiado distantes, parecen ya fuera de todo.

Afuera las hogueras empiezan a levantarse en la ciudad, rodeándola con las llamas. Los reflejos enrojecen las ventanas y nos inundan de espesas y móviles sombras. María de Alava se acerca hasta la ventana y sus labios enuncian algunas palabras que carecen de sentido.

Mi padre abre los ojos y dice que ha llegado la peste. Mi madre asiente y también dice que ha llegado la peste. Yo me siento en el umbral del martirio. María Chipia ensaya, ensaya un discurso redentor de las culpas, un discurso en el que transa el peso de nuestra historia. Ensaya su discurso y en sus palabras disminuye el rigor de nuestra hazaña y la dignidad de nuestros cuerpos.

Salva la debilidad genital de mi madre con un tono que me llena de vergüenza. En el ensayo se vislumbra la verdadera intención de sus palabras. Pero ya es demasiado tarde y su ingenuidad me sorprende. En su segundo ensayo imita a una desgarrada y convincente oradora, imita el tono conciliador y aplastante de la entrega.

María Chipia está haciendo un discurso consagrado a sí mismo utilizando todas las voces que lo habitan, un discurso a sí mismo y al niño. Aparece en una de sus voces el caudal de las antiguas aguas y una ráfaga de tibieza me toca.

Afuera los jóvenes sudacas se colocan frente a las hogueras y un ruido familiar llena mi oído. Cascos de caballos. Oigo cascos de caballos.

Hoy María Chipia y yo hemos cenado a solas. Fue un rito. Urdimos un símil de comida del modo más convincente posible. Cuando ya no quedaba nada apostamos a nuestros gestos y a la lentitud de nuestros dientes. Comimos como si la comida no tuviera ninguna importancia, desatendiendo el doloroso llamado de nuestros estómagos sometidos a una prolongada carencia.

Hablamos.

Habló él, al principio, inundado por la desconfianza. Habló con la cautela de un extraño intentando seducirme con una mirada forzosamente íntima. Actué también el papel de la extraña y mi cara se doblegó a la pose que inventé. Actuando, actuamos el inicio de conformación de una pareja adulta.

Cuando se asomaba el hastío, tomé otro papel igualmente impostado y banal. Me revestí de distancia, apoyada en la mirada esquiva y en la ironía de mis gestos. Sumergida en la distancia, construí para él una interioridad en la que no me reconocía, la interioridad que desde siempre él esperaba, tibia, sumisa y llena de orificios, esperando que él me destruyera. Representé en la pareja adulta la pieza más frágil y devastada.

Fue relativamente fácil levantar un misterio común y conocido; fue, también, muy simple observar el placer por la destrucción. Me dejé entrampar en una debilidad que, en verdad, no tenía y hablé, hablé de sucesivos terrores de mi ser fuera de control y preparé la escena para ser abandonada.

Lentamente el ritmo de aquel símil de comida me encaró con nuestra real naturaleza. Cuando el hambre se nos venía encima, acabó nuestra capacidad de parodia. Explotaron los fragmentos de pasiones que ya no nos alimentaban y, belicosas, nuestras pasiones empezaron a devorarse entre sí. La batalla empujó celos contra celos, y la envidia, por un instante, coloreó nuestras mejillas.

María Chipia, envidioso del niño, me embistió con su astuta malevolencia, y yo, envidiosa de su vientre liso, me acogí al privilegio de su estado. Comimos los restos. Muy cerca el uno del otro, accedimos a la verdadera pareja que éramos, sin más tapujo que la antropofagia. Me escoltó hasta mi rincón materno como si aún quedara entre nosotros un atisbo de nobleza. Esa noche el deseo me mortificó el cerebro.

A horcajadas, terriblemente gorda, estoy encima de María Chipia tratando de conseguir el placer. Va y viene. El placer va y viene. Cuando viene, viene un olvido total y el umbral del placer lo ocupa todo. Me ocupa toda y María Chipia redobla sus movimientos porque sabe que estoy en el umbral del placer.

Pero algo se interpone, algo molesto e incisivo, y lo pierdo. Me aferro al vestigio que permanece y, entonces, no me importa nada más que recuperarlo para olvidarlo todo. Entro en un estado agudo y desesperado, hablando cortadamente, exigiendo a María Chipia los movimientos y la continuidad que necesito.

Aunque sé que mi cara está deformada por la crispación, fijo mis ojos en él, que está debajo de mí, extendido, soportando toda mi gordura y moviéndose a pesar del exceso de mi carne.

Retiene su placer por temor a mi odio, y la crispación aborda también su cara. Ésta se halla detenida en un plano completamente único, con los labios abiertos, jadeando, y su mirada, aunque se encuentra con la mía, la traspasa hasta perderse en el umbral de su placer. Ha pasado así ya tres veces en el curso de esta noche, y he perdido, incluso, la singularidad de mi olor. Ahora tengo dentro el olor de María Chipia saliendo de mis poros empapados. No para. La urgencia no se detiene después de haber obtenido el placer en las tres veces anteriores: sigo posesa de la angustia, exigiendo a María Chipia que recomience.

Me toca a la medida de mi urgencia y lo consigo de inmediato. Logro apostarme de inmediato en el umbral, a pesar de que mis piernas extendidas me perturban.

La mitad del calor que tengo viene de la parte más cálida y peligrosa que poseo, y la otra mitad, del calor que María Chipia me introduce con sus movimientos. Sé que, aunque lo alcance plenamente, volveré a empezar, pues mi angustia se sigue elevando a un ritmo que ya otras veces me ha tomado. María Chipia lo sabe y goza con mi enfermedad. Su calor lo obtiene del mío y de mi cara, que ha olvidado por completo su estado de armonía.

Me dejo caer hasta que mi lengua toca la suya, y el niño, esta vez, no nos separa. La fuerza de mi odio y de mi satisfacción me obliga a lamerlo, y temo que María Chipia sea incapaz de recomenzar.

Estoy tendida de costado y mi estómago cae enteramente en el suelo. Me asusto por su dimensión. María Chipia, a mi espalda, busca desesperadamente el placer. No me importan sus rítmicas embestidas, y sus movimientos tangibles ya están perdidos para mi memoria. No lo complazco ni me compadezco.

Mi nariz, mi boca y mi oído no precisan de ninguna atención. Salvo la sed, ninguna necesidad me clama. Presiento que en cualquier instante el niño emprenderá el camino de la huida. Estropeándome, saldrá por el mismo canal que lo fundó. Los perderé a ambos y quedaré herida para siempre.

María Chipia me busca para darle la salida. La otra mañana, cuando se lo pregunté, me miró como si no entendiera de qué le hablaba; pero entendía, y ese mismo atardecer me tomó más por maldad que por real necesidad.

Quiere darle una salida al niño para salir él mismo. Estoy ya demasiado abrumada por mi extrema corporalidad para detenerlos. Sé que empieza una noche crítica, pues mi presión cardíaca ha experimentado un vuelco. El asco también ha crecido y vivo en un estado de gran cansancio renal. No se lo he comunicado a María Chipia. Sé que él ha esperado ansiosamente la aparición de estos síntomas, pues se ha vestido con un traje que es el más llamativo que le queda. Su cabeza envuelta en seda, sus pies descalzos, sus ojos maquillados, sus cejas brillantes y sus labios engrasados me dicen que espera el momento del festejo. Aparento no tener ningún anuncio, pero él parece conocer con certeza mi precario estado.

Lo dejo atacarme por la espalda aunque María de Alava dé vueltas a nuestro alrededor, aunque siento los ojos de mis padres, que no se han despegado un minuto de la ranura de la antigua ventana. Aunque sé que estamos cumpliendo el estigma sudaca, continúo impávida, buscando yo misma una salida.

Pienso en un nuevo homenaje. Mis padres gimen al otro lado junto al último y pesado estertor de María Chipia. Me levanto.

Le pido a María Chipia que reúna a la familia, le digo que pasaré toda la noche preparando un homenaje.

—¿Toda la noche? —me pregunta.

Un súbito ataque de asma me obliga a escudarme tras la venda.

El malestar, el dolor. El malestar, el dolor constante, el sueño sobresaltado y de nuevo el dolor. La gordura me aplasta. Mi gordura está a punto de matarme. Altera mi corazón, infecta mis riñones, perturba mis oídos. La crasitud de los párpados ha tapado mis lagrimales y la humedad estropea mi visión. Los tendones de mis piernas parece que van a romperse por mi peso. El dolor generalizado no me da tregua. La congestión trepa por mi espina dorsal. La alergia. Las marcadas placas alérgicas.

Los pechos hinchados. El dolor de la leche. El niño, en complicidad con el resto de la familia, me ataca desde dentro. He incubado a otro enemigo y sólo yo conozco la magnitud de su odio. Mi cabeza. En mi cabeza se gestan sueños confusos, recorridos por vastos campos de dudas. Las dudas del niño pasean por mi cerebro grávido. Aprendo, a través del dolor, a conocer todos los rincones de mi cuerpo y la furia orgánica con que se ejerce el castigo. Mis ojos inflamados presencian una realidad difusa.

Para huir de un final definitivo, urdo ahora un sueño que posibilite derrotar la violencia de mi cuerpo, derribar nuestra enfermedad. En el revés del placer, me abro a un territorio igualmente detenido que palpita y me vuelca a mí misma.

El malestar de la gordura atrae este dolor constante que punza los huesos unos sobre otros, y ya no me es posible cerrar la palma de la mano. El oído, trastornado, deja entrar ruidos que lo desquician. Un crujido en mis oídos alcanza la frecuencia de un golpe en el estómago, y cualquier grito semeja una estampida en mi cabeza. Mi cabeza, las sienes, la concavidad del ojo, mis dientes corroídos. El asma, la calentura de los pechos. El asma y la asfixia. El sonido gutural del asma. Mi alma en la mira microscópica de la familia. El asma llega con la tos en cualquier momento y el niño se recoge aterrorizado por su futuro asmático. El alma asmática del niño.

Para huir de un final definitivo me abro completamente al dolor y llego a la neutralidad. Al interior de este nuevo sistema, el niño y yo transamos un acuerdo somático.

María de Alava me exige una respuesta.

—Será al amanecer —le digo—. El parto será al amanecer.

Parece cansada de interrogarme, y por su expresión deduzco que padece los efectos de un prolongado ayuno. Mis padres, cobijados en un rincón de la habitación, nos insultan, desesperados por el hambre. Insultan la parición.

Mi madre habla soezmente de su orificio. Lo compara con el nuestro e induce a mi padre a tomar partido.

Mi padre, demasiado hambriento, evoca la exactitud del orificio, y su boca ulcerada imita un vasto genital. Mi madre se ríe y dormita casi enseguida.

María de Alava, imperturbable, me mira fijamente:

—Será al amanecer —repito.

Cuando lo repito, repito la incertidumbre de mi afirmación. María de Alava se acomoda de manera irónica, adelantándose al efecto de sus palabras.

–Abandonaremos la casa –dice–. Mis padres y yo abandonaremos la casa. He arreglado la salida ahora que la ciudad ha acallado sus rumores. Ustedes disfrutarán de todo el estigma sudaca.

Incrédula, busco en sus ojos el lugar del desmentido. No existe. Ellos abandonarán la casa y nos legarán el rigor de las paredes y las grietas de las culpas familiares. Abandonando la casa, se hará más amplio el espacio y más grotesco mi cuerpo.

Todavía incrédula, entiendo que María de Alava, después de todos estos años, ha hablado la verdad. Pensar que sus palabras son sinceras, después de tantos años, me da fuerzas para resistir el abandono y el abandono de la fraternidad. Sólo permanecen el niño y María Chipia, quienes representan el límite de la ficción de mi cuerpo, de mi cuerpo demasiado castigado. Mi cuerpo castigado por mi necesidad de duplicarme, mi cuerpo alterado por la certidumbre de la muerte.

Cuando al amanecer la familia abandone la casa, sólo quedaré yo doblada en las habitaciones. El amanecer que hube de vislumbrar era la partida, no el parto, o el parto límite entre la oscuridad y la luz, entre la noche y el día.

Mientras María de Alava y mis padres abandonaban la casa y cuando apenas cruzaban el umbral, María Chipia me ha atacado frontalmente y me ha hecho sangrar. El hilo de sangre corría paralelo a mi dolor. La sangre corriendo tras la huella de mis padres fue el mejor homenaje que María Chipia, el niño y yo dábamos a la pérdida de la familia. Aún sangrante, no osé levantarme del piso. Me quedé sin hacer ningún movimiento. Permanecí allí, mirando el dolor seco de mi hermano ya demasiado indefenso, ya demasiado inocente de sus actos.

Supe también de mi inocencia, tejida por un acontecer inmutable en su equívoco. La certeza de mi inocencia me empujó al borde de la insurrección y me sentí digna de la propiedad que de manera tan violenta heredábamos.

Heredábamos la casa y la lujuria de la casa que, intermitente, nos invadía. Me invadía y, a pesar de la sangre, me escudé en una posición obscena para suplicarle a María Chipia que me acompañara a bajar el nivel de mi ira. Ese día no nos dimos ninguna tregua. Difusamente, entre convulsos movimientos, vi perderse la hiriente claridad, y la noche, más benigna y más real, permitió que la imaginación no fuera coartada. Aunque el niño estaba sufriendo, no pudimos ayudarlo. No pude ayudarlo porque desde el día hasta la noche debí atender el pedido de mi sangre sudaca. Por el pedido urgente necesité ese placer más que cualquier otra necesidad de mi vida.

En el límite, llegué, siempre a horcajadas, a perder la noción del tiempo, pues se disolvió la frontera entre exterior e interior y María Chipia se integró en mis estructuras neuronales. Perfectos, únicos, estuvimos, desde el amanecer hasta la noche avanzada, encontrándonos hasta fundirnos. El niño sufría. Su sufrimiento, también, lo asimilamos nosotros ya sin culpas, sin angustia, ausentes de todo mal.

Fue un homenaje a la especie sudaca. Fue un manifiesto. Fue una celebración dinástica que celebraba la pronta llegada del niño, quien ese día pudo conocer la inmensa fuerza de sus padres. El odio de sus padres. Aislado en un campo netamente orgánico, el niño conoció lo más placentero de sus padres.

He caído en un estado de semiparálisis. La gordura casi no me permite moverme y soy incapaz de atender a María Chipia, quien vaga afiebrado y hambriento por la casa. Su cara arrebolada se enciende más aún por el brillo inequívoco de sus ojos. Sus ojos enrojecidos se ven lacerados por la luz. Tenemos sed, pero el agua no nos sacia. María Chipia se queja invadido por la infección, se queja de la luz e insulta a sus huesos, que, transformándose en finos cuchillos, lo parten desde dentro. Levanto hasta él mi mano, y sus mejillas y su frente arden mojadas por un cálido sudor.

Temo el contagio, temo que otra enfermedad me caiga encima. Le pido entonces que se cobije en otra habitación, y se niega diciendo que el hambre ha provocado la fiebre; pero yo sé que es el abandono, la salida de la familia, lo que ha dejado la fiebre metida en la casa.

Inmovilizada, busco la manera de sanar a María Chipia porque necesitaré su ayuda para el nacimiento del niño. Mientras él murmura algo acerca de la hostilidad de la ciudad, recuerdo que aún somos dueños del agua y que el agua combate la fiebre de los perros. Como perros sudacas afiebrados y hambrientos, necesitamos el agua encima para sacarnos la infección, y, aunque la fiebre me ha respetado, siento su cercanía ostensible ahora que mi madre nos ha abandonado como a perros. La oscuridad del abandono y la ausencia de parte de la jauría ponen mis músculos en movimiento. Me yergo a través de mi gordura, en parte líquida y en parte grasa.

María Chipia mira compasivamente mis heroicos movimientos. Lo miro con el amor de la última pertenencia, me aferro a su belleza equívoca y digo:

—El agua, debes practicar un rito con el agua.

Lo ayudé a desnudarse y alabé la armonía de su cuerpo. Acompasé con las palmas su débil canto, dejé caer el agua sobre su cabeza, y cuando alejamos la fiebre nos dormimos extenuados, cercados por mi gordura.

—¿Tienes frío? ¿Tienes sed? ¿Necesitas algo, María Chipia?

—Quiero saber algo más de la ciudad. ¿Te acuerdas aún de la ciudad? ¿Te acuerdas de las construcciones?

—¡Ah, sí! Las construcciones. Los jóvenes sudacas semidesnudos. Los mendigos. Ellos me perseguían por las calles. Los jóvenes sudacas siempre querían algo de mí.

—¿Qué querían de ti? Era nuestra fantasía.

—No era fantasía. Una vez un joven sudaca extendió la mano, y, cuando puse una moneda en su palma, la rechazó. Aún veo sus ojos hundidos, como los tuyos. Tal vez la fiebre. Habló de la fraternidad. Habló extensamente sobre la fraternidad.

—Yo vi un campo de trigo en las afueras. Un campo cubierto de espigas meciéndose con el viento, un campo de espigas sembradas por los niños ciegos del asilo de mi madre. Te llevaré a ese campo de trigo y parirás mecida por el viento.

–Yo vi una casa sórdida y a mi madre cimbreándose en una oscuridad parecida a la ceguera. No lo vi, pero lo imaginé. Lo imagino ahora mismo, y a mi padre, aterrado en la ciudad. Imagino las plagas y la fiebre. No vendrá el niño a nacer para alimentar el desperdicio.

–Pero ¿el maíz?, ¿el trigo?, ¿los sauzales?

–No llegará el niño para ser menospreciado, no llegará perdiendo de antemano todo. El niño lucha por nacer en cualquier instante. ¿Qué haremos, María Chipia? Dime, ¿qué haremos?

–¡Tómame! ¡Tómame! ¡Tómame!

Afuera la ciudad devastada emite gruñidos y parloteos inútiles. Se ensayan todas las retóricas esperando el dinero caído del cielo, quemándose como una mariposa de luz. La ciudad, cegatona y ávida, regala los destinos de los habitantes sudacas. Terriblemente desvencijada y gruñona, anciana y codiciosa, la ciudad, enferma de párkinson, tiembla.

Tiemblan las voces, tiemblan las voces ancianas y codiciosas disputándose el dinero caído del cielo pero que se quema como mariposa de luz. Se vende el trigo, el maíz, los sauzales, a un precio irrisorio, junto a los jóvenes sudacas que han sembrado. En venta, los campos de la ciudad sudaca. En venta, el sudor. Un comercio histérico chilla a los compradores, quienes astutamente bajan los precios y compran hasta a los vendedores. El dinero caído del cielo vuelve al cielo y los vendedores venden incluso aquello que no les pertenece.

La ciudad colapsada es ya una ficción nominal. Sólo el nombre de la ciudad permanece, porque todo lo demás ya se ha vendido en el amplio mercado. En la anarquía de la costumbre por la venta se ejecutan los últimos movimientos a viva voz, voceando la venta del vacío.

El dinero que cae del cielo apetece el vacío de la ciudad y cada una de las retóricas del vacío para sembrar el vacío en los campos, ya vendidos y definitivamente ajenos. El dinero caído del cielo entra directo por los genitales y las voces ancianas se entregan a un adulterio desenfrenado. El adulterio ha adulterado la ciudad nominal, que se vende, se vende a los postores a cualquier costo. La transacción está a punto de concluir, y en el dinero caído del cielo está impresa, nítidamente, una sonrisa de menosprecio a la raza sudaca.

Lejos, en una casa abandonada a la fraternidad, entre un 7 y un 8 de abril, Diamela Eltit, asistida por su hermano mellizo, da a luz una niña. La niña sudaca irá a la venta.

ÍNDICE